LAURA RESTREPO

A TALE OF THE DISPOSSESSED

A Novel

Translated by Dolores M. Koch

ecco

An Imprint of HarperCollins*Publishers*

HarperCollins books may be purchased for educational, business, or sales
promotional use. For information, please write: Special Markets Department,
HarperCollins Publishers Inc., 10 East 53rd Street, New York, NY 10022.

Spanish edition originally published in Colombia by
Editorial Planeta Colombiana S. A. as *La multitud errante*, 2001.
Copyright © Laura Restrepo, 2001.

Designed by Amy Hill

Library of Congress Cataloging-in-Publication Data has been applied for.

ISBN 0-06-072370-X

04 05 06 07 08 BVG/RRD 10 9 8 7 6 5 4 3 2 1

For my agent,
Thomas Colchie,
and his wife, Elaine,
dearest friends.

Strange things happen to people who are fleeing from terror (. . .); some are cruel, and others are so beautiful that faith is renewed.

—JOHN STEINBECK

A TALE OF THE
DISPOSSESSED

❦

PROLOGUE

*A*s I believe that writing is to a large extent a collective effort and that each individual voice should find its generational juncture, I have wished this book to be a bridge between my books and those of Alfredo Molano, who is also a Colombian, fiftyish, and witness of the same wars and chronicler of the same struggles. With his permission, I have inserted within my text a dozen lines he has authored, which his readers will surely recognize.

ONE

*H*ow can I tell him that he is never going to find her, after he has been searching for her all his life?

He told me that he finds pain in the air, that his blood is boiling, and that he is lying on a bed of nails because he lost the woman he loves at one of the turns in the road, and there is no map to tell him where to find her. He searches the whole landscape for her, never allowing himself a moment of respite or of forgiveness, though he doesn't realize that she is only to be found within himself, ensconced in his feverishness, present in every object he touches, and staring at him through the eyes of anyone who approaches him.

"The world tastes of her," he has confessed to me. "My mind does not know any other destination, it goes straight to her."

If I could talk to him without breaking his heart, there is something I would tell him, in hopes it could stop his sleepless nights and wrongheaded search for a shadow. I would repeat this to him: "Your Matilde Lina is in limbo, the dwelling place of those who are neither dead nor alive."

But that would be like severing the roots of the tree that supports him. Besides, why do it if he is not going to believe me. He inhabits the dream limbo of the woman he's after, and like her, he has adjusted to that nebulous, intermediate condition. At this shelter I have met many who were stigmatized in the same way: those who lose themselves in the very search for their lost ones. But I have seen no one more enslaved by the tyranny of that search.

"She's going on with her life, like me," he stubbornly claims when I dare insinuate the opposite.

I have come to believe that this woman is like a guardian angel who doesn't allow him to escape from this obsessive quest. She keeps herself ten steps ahead of him, close enough for him to see her but impossibly beyond his grasp, always those ten steps that he can never bridge, and that make him follow her to the end of his days.

He came to this refuge for weary travelers the way he goes everywhere: asking for her. He wanted to know if we had seen a woman here by the name of Matilde Lina, a laundress who got lost during the upheavals of the war. She was originally from Sasaima but lived right on the border-line between Tolima and Huila, in a village devastated by violence. I told him that we had no information about her and offered him shelter instead: a bed, a roof over his head, hot meals, and the intangible protection of this place. But he persisted in his obsession with the willing blindness of those who hope beyond hope, then asked me to check, one by one, all the names in the register.

"Come do it yourself," I told him, because I know very well how relentless this urging is, and I sat him down with the list of those who had stopped at this shelter, day after day, in the midst of their journey of displacement.

I insisted that he stay with us at least a couple of nights so he could unload the mountain of fatigue weighing on his shoulders. That is what I told him, but what I wanted to say was: "Stay here, at least until I get used to the idea of not seeing you anymore." And by then I was already feeling, inexplicably, a gnawing desire to have him close to me.

He thanked me for the hospitality and agreed to stay the night, but for that night only. It was then that I asked him his name.

"My name is Three Sevens," he answered.

"That must be a nickname. Could you tell me your name? Any name, it doesn't matter; I need a name, something that I can enter in the register."

"Excuse me, but Three Sevens is my name; I don't know of any other."

"Pedro, Juan, any name; please give me a name," I insisted, claiming a bureaucratic motive, though I was really being pressed by the dark conviction that all earth-shaking events in one's life crop up just like this, suddenly, and without a name. To know the name of this stranger in front of me was the only way—at least that's how I felt then—to counteract the power that he had already begun to exert over me at that moment. Why? I did not know, because he was not very different from so many others who land here at the farthest corner of exile, enveloped in sickly auras, often dragging with them an old fatigue, and trying to look forward while their sight is fixed on what was left behind. Still, there was something in him that engaged me deeply. Perhaps it was the tenacity of a survivor that I perceived in his look, or his serene voice, or his dark mass of hair; or maybe it was his big bear gestures: slow and strikingly solemn. But more than anything, I felt a sort of predestination. The kind of predestination that lurks behind my ultimate and unadmitted objectives for traveling to these lands. Haven't I really come here in search of all that this man embodies? At first I didn't know this, since I didn't know what I was looking for. But now I am quite certain of it and can even risk a definition: It is all that is other, that is different from me and my world; something that gains strength precisely where my world gets weaker; that brings panic and alarming voices where my world relies on certainties; that signals vitality where mine dissolves in disbelief; that seems real in opposition to what is based on words or, conversely, that becomes phantasmagoric for its lack of expression: the underside of the tapestry, where the knots of reality are revealed. Everything, finally, that I could not have imagined, had I stayed in my world.

I don't believe in so-called love at first sight, at least that which is understood as an unmistakable intuition signaling beforehand that something will soon come to bind you: that sudden bolt that forces you to hunch your shoulders and squint your eyes to protect you from being overtaken by something earth-shattering, which for some mysterious reason has more to do with your future than with your present. I remember clearly that the moment I saw Three Sevens coming in, even before knowing his name, or lack of it, I asked myself the same question that I would later ask so many times: Would his coming be my salvation or my downfall? I sensed there would be no halfway terms here. Three Sevens? 7–7–7? I did not know what to write.

"How do you sign your name, in letters or in numbers?"

"I seldom sign anything, miss, because I don't trust papers."

"All right, then, it's Three Sevens," I told him, and also myself, accepting the inevitable. "Please come with me now, Mr. Three Sevens; a hearty bowl of soup won't do you any harm."

The anxiety burning inside him, bigger than himself, did not let him eat, but that did not surprise me. Everyone who comes up to this place is driven by the same intensity. It did surprise me not to be able to look into his soul. In spite of the fact that in this work one learns to discern people's deep intentions, there was something in him that did not fit any pattern. I don't know whether it was the way he was dressed, definitely as an outsider, or his attempt at a disguise that didn't quite work, or if what aroused my suspicion was that unwieldy pack he was lugging around and which he never left out of sight, as if it contained some precious or dangerous cargo.

Besides, I found it disquieting that he looked so much inward and so little outward; I don't know exactly what it was, but something in him prevented my even guessing his nature. And I can repeat this now, to close my argument: What I found intimidating in his essence was that he seemed to be made of different matter.

After accepting hospitality just for one night, he stayed on, contrary to his own decision. Often he would say good-bye late at night because he was leaving for good, but the nights went by and he would still be here, in the grip of who knows what chain of obligations or feelings of guilt. Since the moment he first asked me, coming through the door, about his Matilde Lina, he never stopped telling me about her, as if not mentioning her would mean losing her completely, or maybe that evoking her in my presence was the best way to recover her.

"Where and when did you see her for the last time?" I asked him as I asked everyone, as if this humanitarian formula were an abracadabra that could conjure up what was not there. His imprecise and evasive reply made me realize that too many years had elapsed and too many things had happened since that loss.

Sometimes, at the end of the day, when the activities of the shelter quiet down and the refugees seem to sink into their own depths, Three Sevens and I take a pair of wicker rocking chairs outside and sit by the road for a while, tying together periods of silence with bits of conversation; and then, sheltered by the warmth of the setting sun and the soft twinkle of the first stars, he opens his heart to me and speaks of love. But not of love for me: he speaks meticulously, with prolonged delight, of what has been his great love for her. Making a tremendous effort, I comfort him, I inquire, I listen to him infinitely, at times letting myself be carried away by the sensation that, before his eyes and little by little, I am becoming her or, rather, that she is recovering her presence through me. But at other times, what burns inside me is a profound discomfort that I can barely manage to hide.

"That's enough, Three Sevens," I tell him then, trying to make light of it. "The only thing I do not know about your Matilde Lina is whether she preferred to eat her bread with butter or marmalade."

"I can't help it," he explains. "Whenever I start talking, I always end up talking about her."

The night is covering the last vestiges of light in the sky, and down below, in the distance, the crests of fire in the refinery towers appear insignificant and harmless, like lighted matches. Meanwhile, both of us continue spinning the wheels of our conversation. I ask him everything, and he keeps answering me in docile surrender, but he does not ask me anything. My inquisitive words take possession of his inner thoughts, trapping him in the web of my questioning. All the while, my own self recedes to a safe place, escaping through the slow current of my concerns, which he never questions and will never get to know.

Three Sevens takes out a pack of cigarettes from his pants pocket, lights one, and allows himself to be led by the slender thread of smoke to that thoughtless zone where he so often takes refuge. While I'm watching him, a small voice without any bite shouts inside me: *There is pain here, it's waiting for me, and I must flee.* I listen to and believe in that voice, seeing the logic of its warning. Nonetheless, instead of running away, I stay on, each time a bit closer and a bit more silent.

Perhaps my anxiety is only a reflection of his, and perhaps the emptiness that he sows in me is the offspring of the immense mother absence locked up inside him. At first, during the early days of his stay, I thought it would be possible to alleviate his sorrow, as I have learned to do in this job of mine, which in essence is nothing but nursing shadows. From experience I sensed that if I wanted to help him, I would have to scrutinize his past until I learned where and how these memories had found their way into his soul to cause all his misery.

In time I ended up recognizing two truths that would have been evident to anyone but me, and if I had not seen them before, it was because I had refused to. The first truth was that it was I, rather than Three Sevens himself, who suffered to the point of distraction from that recurrent, ever-present past of his. "The air hurts him, blood boils in his veins, and he lies on a bed of nails," are the words that I wrote at the beginning, putting them in his mouth, and which I now need to modify if I want to be honest: The air hurts me. Blood boils in my veins. And my bed? My bed without him is a penitent's hair shirt, a nest of nails.

According to the second truth, every effort would be useless: the deeper I go, the more I convince myself that this man and his memory are one and the same.

T W O

The story of his memories—that is, the trajectory of his obsession—began the same day he was born, the first of January 1950. He was not exactly born that day but appeared in a rural town named Santa María Bailarina after the Dancing Madonna, now erased from history but which had its time and place, years ago and far away, along the trail to El Limonar, municipality of Río Perdido, at the divide between Huila and Tolima. As best I was able to reconstruct, by piecing together isolated details from his volatile life story, Three Sevens was found on the front steps of a church as people were leaving after midnight mass. The church was still under construction and inaugurated prematurely to celebrate the arrival of 1950, which seemed to bring ill winds.

"Big trouble is brewing," people were saying. "Violent

hordes are storming down the mountains, chopping every-one's head off."

These were echoes of the Little War, which had been spreading since the assassination of Jorge Eliécer Gaitán and was now threatening to tighten the noose around the peaceful town of Santa María. The villagers were getting ready to celebrate the New Year with fireworks, praying that this would calm the rabble as they passed through. It was then that they saw him.

A small, quiet bundle, wrapped like a tamale in a plaid, soft-wool blanket: he was not moving or crying, he was just there. Newborn and naked under the immense dark skies, he lay even then in his distinctive way, luminous and soli-tary.

"Look, he has an extra toe," the people exclaimed, amazed when they lifted the blanket. Just as I was, so many years later, the first time I saw him barefoot.

Maybe that is the reason some people mistrusted him from the beginning, because of that sixth toe on his right foot, which seemed to have appeared just like that, out of the blue, as a dangerous omen announcing that the natural order of things was being disrupted. Other people, less superstitious, only laughed at that extra kernel, pink, cute, and perfectly round, pressed against the other five, in a row edging the tiny fan of his foot.

"The old year left us at the church door a child with twenty-one digits!" was the rumor spreading all over town. And Matilde Lina, eager about anything new, elbowed her curious way into the tight human circle gathered around the phenomenon. When she faced the cause of their amazement, that extra toe, she did not think for an instant that it was a defect; on the contrary, she took it as a blessing to come into this world with an additional gift. She knew very well that every rarity is a wonder and that every wonder carries its own meaning.

So from that moment it was Matilde Lina, the river laundress poor as a meadowlark, who became the great presence in the life of the child. It was she who, in an enlightened moment—almost like his second birth—took him in her arms and looked into his eyes, at his hands, at his male parts.

"How painful it must have been for those parents to part with their son. Only God knows what they were running away from, or what they wanted to protect him from," Matilde Lina said out loud after looking at him warmly and long, showing her involvement. And as to this, some people will wonder how I ever came to know her exact words or the tone in which she said them. I can only answer that I just know; that without having met her, I have come to know so much about her that I feel I can take the liberty of speaking for her, without any need to add that those words were not actually heard by anyone, because at that moment the first fireworks had begun bursting and there were explosions and shooting stars in the sky, while Roman candles were spewing torrents of fireballs, and pinwheels turned round and round on the wires, splendid like sunbursts.

The crowd disappeared amid the smoke and the red glare of the fireworks, and Matilde Lina was left alone by the church doors, which were already closed. Bedazzled by the rockets and flares, her eyes lit up with reflections, she held the baby wrapped in the blanket against her body as if she would never let go of him. From then on she sheltered him by pure instinct, without having made a decision or even intending to, and he was the only one in the world allowed to penetrate the wordless and windowless space where she hid her affections.

An unreal, amphibious creature, this Matilde Lina. "Always at the riverbank, surrounded by foamy waters and white laundry," is how Three Sevens remembers her. He says that growing up sheltered by this sweet water woman, he learned that life could be milk and honey. "When night began to fall and birds flew to their nests," he evokes at the height of his reminiscence, "she called me and I was grateful. It was like marking the day's end. Her voice lingered in the air until I returned to cuddle up beside her."

Three Sevens has never wanted to part with his plaid woolly blanket, all faded and frayed now, and more than once I have seen him squeeze it as if wanting to extract one more strand of memories that could alleviate the grief of not knowing who he is. That rag cannot tell him anything, but it emanates a familiar smell that maybe reminds him of the warmth of a breast, the color of the first sky, the pangs of the first sorrow. Nothing, really, except the usual mirages of nostalgia. The rest is all stories that Matilde Lina invented for him in order to teach him how to forgive.

"Stop fretting, child," she used to say when she found him on the verge of despair, "your parents did not abandon you because they were mean, they were just downhearted."

"I cannot forgive them," he grumbled.

"Those who won't forgive cross a river of unwholesome waters and remain on that other side."

THREE

All the thunder of rockets that night did not seem to accomplish anything; on the contrary, it seemed to work against the village. As if incited by the explosions, violence made itself felt that year, and a great Conservative rage swept through the Liberal community of Santa María and turned it into pandemonium. So that Three Sevens, still only a few months old, must have witnessed for the first time—or second? or third?—the spectacle of blazing houses in the night sky; of roaming, masterless animals bellowing in the distance; of threatening, throbbing darkness; of corpses, soft and puffy, coming downriver and clinging to the shrubbery on the banks, as if refusing to part—while the river rushed at a mad pace, apparently fearful of its own waters and trying to escape the riverbed.

"I wailed until God grew tired of hearing my cries,"

Doña Perpetua tells me, recalling those Armageddon days. A resident here at the shelter, she is, by an accident of fortune, also from Santa María Bailarina and surely viewed its destruction. "I buried my husband and three of my children, then ran away with the ones I had left. Drained of tears and emaciated, when I looked at myself I muttered, 'Perpetua, nothing is left of you but skin and bones.'"

The survivors of that massacre devoted their last reserves of courage to the rescue of their patron saint, the one that had given their town its name: a colonial Madonna carved with skill and rhythm in dark wood, which stood plagues and the passing centuries, retaining the rose-petal freshness of her cheeks and the golden borders of her mantle, and which proudly displayed the small waist and soft curve of arms so characteristic of the images traditionally called *bailarinas.*

"There is only one mother, but I had the good fortune of having two." Three Sevens laughs. "Both were kind and protective. The heavenly one, carved in cedarwood. And the earthly one? The earthly one, I would say, was made of sugar and marzipan."

With the smiling and resplendent Heavenly Mother on a litter carried on their shoulders, they fled to the mountains to wait until the massacre was over. Nothing could happen to them while they were under her protection: she, the Immaculate, full of grace, with her royal crown cast in fine silver, the crescent moon tucked in the folds of her tunic, and on the pedestal below, the snake with a satanic mien, helpless at her feet while she steps on it unaware, as if the evil in the world did not count.

The violence increased, however, and ran wild. The news that surfaced from below only brought gasps of despair.

"Those of the Conservative party painted all the doors in town blue. They even painted the cows and donkeys blue, and it was rumored that they would slash the throat of anyone daring to wear red."

"Hell broke loose from El Totumo to Río Cascabel."

"The blues said they would stop only when all the Liberal blood had been shed. They also said they planned to win the next elections the same way."

Seeing that it was a lost cause, the reds from Santa María bade farewell to their land, looking back at it from a distance for the last time. Improvising a caravan, they fled toward the east, now a tattered guerrilla band, with death following closely behind, uncertainties ahead, and hunger always closing in. At the center, next to the wooden saint, marched Perpetua, her children, Matilde Lina, Three Sevens, the elderly, and the rest of the women and children. The men, armed with eight rifles and twelve shotguns, formed a protective ring around them.

"We children did not suffer," Three Sevens confesses. "We were growing up on the march and felt no urge to stay anywhere."

The slow march lasted for years, until it became as long as life itself. Joining them along the way were other roaming Liberal groups; people recently forced out of their homes or driven out by massacres; more survivors from ravaged towns and fields; farmer-warriors, adept both at tilling the land and at fighting a war; people who had been chased out; and various others who found reason and sustenance only in their flight.

"We were victims, but also executioners," Three Sevens admits. "It's true we were fleeing from violence, but also spreading it. We robbed farms, ravaged planted fields and stables, stole in order to eat, scared people with our deafening racket, and were merciless whenever we encountered those of the opposing band. War involves everyone. It's a foul wind that gets into our nostrils, and, like it or not, even those who flee from it come to foster it in turn."

Those who could not make it were left by the wayside under a mound of rocks and a wooden cross. The number of children was always the same: those who died were quickly replaced by those being born. The adults were living the itinerant and slippery history of those who flee: quiet hours in watch, depression along the Lord's roads, coffee without sugar and meat without salt, bickering and tears, reconciliations and compensations, delirium caused by yellow fever or diarrhea, card games, frozen barrens that soak one's clothes and make one shiver, dumping grounds, forests in the mist, ravines, pineapple fields aglow under the sun. A hostile smell penetrating everything, even the fabric of shirts and the leaves on trees; a constant shuffling of hopes; and the obsessive illusion of owning some land one day. Those were, and still are, the things that accompany and sustain the refugee caravan.

"Looking for what? Days and nights pursuing what?" Three Sevens asks himself now, in front of me. "Nobody really knew, and I, being a child, knew even less. I remember our hopes then because they are the same as now: 'When the war slows down . . .'"

When the war slows down . . . When will that occur? Over half a century has gone by and nothing has changed. The war does not cease, only its face changes. I write to René Girard, my former professor at the university, telling him that this endless and sweeping violence is unbearable because it is irrational, and he answers that war is never irrational, that nothing can find more reasons to erupt than war itself.

Though Matilde Lina, the laundress from Sasaima, and the child with eleven toes were involved in tragedy, they never saw it that way. While the others were suffering from hunger, they were oblivious to food; sadness and fear found no fertile ground in their souls; desolate, cold nights were just nights and nothing more; the cruelties of life were simply life, because they did not aspire to a different or better one. Though the others had lost everything, they had lost nothing, because one cannot lose what one has never had or wanted to have.

"Since he lacked a given name, we fell into the habit of calling the child with the extravagant foot Twenty-one, because of his extra digit, until one day Charro Lindo strongly prohibited it under threat of punishment because it was not charitable, he said, to be calling attention to people's physical defects," Perpetua tells me, explaining that Charro Lindo was a young and handsome Liberal bandit who had inherited from an uncle the command of their procession of homeless travelers.

Despite the peremptory order, a thoughtless man would occasionally call him Twenty-one in the presence of the big chief, who would then smack him hard, knocking him to the ground. After that, instead of Twenty-one, people began calling him Three Sevens as a euphemism and in covert defiance of authority. The moniker stuck to the child forever.

"I remember Twenty-one as clearly as if he were in front of me now," Doña Perpetua assures me. "Born out of nowhere and having the oddity of that foot with an even number of toes, he tended to be withdrawn and very shy as a child. But I swear to you that the extra little toe did not prevent him from running: he sprinted barefoot like a gazelle all over the muddy roads."

At some point during their journey, Matilde Lina so often used the child as a refuge that she detached herself from other people's concerns. Never an expert at that, now she isolated herself from their motives, their words, their actions. She simply followed the group without asking questions or favors, so that she and the boy became a pair of lighthearted dreamers, practically unnoticed by the others, powerful and untouchable in their extreme defenselessness.

Three Sevens learned to walk behind her, to advance by placing his small feet trustingly in her tracks, sometimes staying fully awake and occasionally dozing off, but without lagging or breaking step, as if those footsteps were already familiar to him before he was born. To drive away the silence that falls over people in flight, Matilde Lina taught him the art of conversation, but only about animals. In their waking hours in the mountains, they crouched together to perceive the distant hoot of the spotted owl, or the amorous rounds of a she-tiger in heat, or the red eyes and foul breath of the devil dogs. The dialogue between them was an irrelevant chatter, always an amazed, lighthearted questioning about the habits of animaldom.

"Do you hear that?" she would ask him while a storm raged. "It's not thunder, it's a stampede of masterless horses."

Or she would indicate to him, "Look, these are ocelot tracks," or capybara's, or chigüiro's, for she was very skilled at identifying, without hesitation, any animal traces.

Coiled into her memory lay Sasaima, the land of her childhood, and she often spoke lovingly about its many animals: of the swallows crossing the beam of light coming from above in the Gualivá caves; of the sleek, black toads that become invisible as they sit on the sleek, black stones of the Río Dulce; of the chumbilá, which is a winged mouse given to vice, because when the farmers catch it, they teach it to smoke and the animal enjoys it.

"That's all they talked about, beasts and bugs," Doña Perpetua tells me. "Those two were not interested in anybody else."

I understand only too well that nobody else elicits their passion or even their curiosity, and that is because each is the continent where the other dwells as sole inhabitant. Look at me, Three Sevens; touch me, breathe my smell, listen to the inner rumblings that torment me with their failure to be turned into speech. . . . Are you aware that I am here and now, and she is not; that I am the presence that the eye registers and the touch confirms? Will you finally have the courage to recognize that here in this world catching up with someone is better than an illusory, useless pursuit? That a flesh-and-blood woman is a hundred times preferable to a remembered one, or an imagined one, even though she might not be a laundress born in Sasaima or know a whit about tropical animals?

"Albeiro must have taken away the pliers," I hear Three Sevens say while he works on the construction of a new roadside stall. "Albeiro! Where are the pliers?" he shouts with self-assurance, and I would like to warn him against fooling himself. What does he know about the Albeiros or about the pliers? What does he know about the present circumstances?

FOUR

$\mathcal{D}$oña Perpetua, who is very old, is the only person who knows what I want to know. She was married and had her own children on the night that she saw, at the portico of the church, the newly found boy with the fanciful foot. Later they crossed the red seas of their exodus until calamities separated them. After a wide gap of years, and thanks to the vagaries of their errant lives, she happened to come across him, now an adult, here at this shelter for wanderers.

Doña Perpetua is engaged in an endless struggle, lost beforehand, against an instrument of torture made of wires and rose paste that she proudly calls "my dental prosthesis." While she champs at it but cannot manage to make it fit, she continues her story.

"I saw Matilde Lina teaching this boy how to train a chumbilá. She was making circles in the air with a thin bamboo pole until the bat came flying obediently and perched itself on the pole." Perpetua copies the action, and her attempts to repeat the flexible circles with her arm and to mimic the bat's snout with her mouth make me smile. "They would search around every pond looking for hundred-eyed frogs—the eyes are of the offspring they carry between their many folds of skin. Both the woman and the boy lived on weeds and *aguadijas*, the spongy ones that know how to soak up water," Perpetua continues, lowering her voice so no one will overhear. "That's what people said, that Matilde Lina and the boy lived only on purslane and brushwood. While everybody else toiled and suffered, they spent their time serenely, lost in talk and contemplation. The spirit of the forest took care of them, or at least that's what we said, to avoid feeling responsible for them since we all had enough, and sometimes too much, trying to take care of ourselves."

It was also because of an animal that Three Sevens got separated from Matilde Lina, after thirteen years of finding in her arms the warm center of the world. During one of those starvation periods in which people were willing to eat even the soles of their shoes, it occurred to them to pick up a female cat and her brood of kittens that they had found in the ruins of an abandoned farm. The animals were scrawny, gawky, toothy, and devilish with hunger. They had to take care of them in secret, lest others in the caravan who were starving might eat them, since anything with hair, feathers, or scales was quite welcome.

"Are they going to die?" asked Three Sevens, who, like the cats, had become a bundle of bones and anxiety.

One Tuesday, while fog and famine were making life dreary, the ill-humored caravan was advancing through a muddy region called Las Aguilas when those in the rear guard came to the front with the warning that Sergeant Moravia and a fiercely armed National Army squad, through a quick maneuver, had them surrounded.

"Charro Lindo, our man in charge, was easily recognizable as a handsome ladies' man and because he wore around his neck a little flask where he kept ashes of what had been his family home," Perpetua tells me. "But he was also well-known for his pitifully odorous feet, which emanated a nauseating smell after being always jammed inside his rubber boots. He had become notorious for this problem, his foul-smelling feet being his only defect as a lover, according to the girls who shared his blanket at night."

Charro Lindo had been told that the only remedy for his pestilence was to soak his feet in potassium permanganate dissolved in lukewarm water, and he, anguished by the affliction that hurt his pride and made him the center of both covert and open scorn, put so much faith in this formula that he ventured forth against common sense, paying no attention to survival precautions in hostile territory. In order to locate a more civilized place where the remedy could be obtained, he discovered an escape route down the mountain. Fate brought him to Bienaventuranzas, a village that in the end did not live up to its beatific name, but quite the opposite. Unwittingly, Charro Lindo had made the mistake of dragging behind him the rest of the caravan, more than three hundred people, into the swampy domain of the notorious, diehard Conservative butcher Sergeant Moravia, who had subjected by force the entire population of that extensive neighboring region.

When he realized he had led them into a trap, Charro Lindo did not think of anything better than to pull his favorite girlfriend up on his black mule, behind the saddle, and to tell his people to run for their lives. "We'll see each other again, if not in this life, in the next," the handsome outlaw shouted, and just like that, with the flask of charred soil around his neck and waving his big Mexican hat, he gave orders to disband.

FIVE

To avoid falling into the clutches of Sergeant Moravia, some families climbed up places so steep that one could hardly gain a foothold; others attempted to descend the mountain, struggling to resist the magnetic pull of the abyss. Perpetua and her children sought refuge in the underbrush, and she has no idea how long she was hiding, crouching and keeping her legs stiff trying to make herself thin, while the pounding of her heart obliterated everything else. She felt, or thought she felt, the enemy crisscrossing overhead while she held her breath as much as possible so as not to give herself away. Terror possessed her for quite some time before she dared try to see what had happened to the others. Deep in the mud mixed with blood, she found some who were still alive, some dead, and some who had gone loony, now recast forever in the wide world.

Decades later, Three Sevens was to inform us in the curt, flat manner he assumes when talking about himself that he and Matilde Lina had stayed back that day in order to finger-feed some milk to the kittens they were trying to save; they had kept to their business, unaware of any danger, and did not hear the commotion until the epithets and rifle butts were upon them during the ambush. They accepted death without mounting any resistance, but death, who rejects lives surrendered freely, refused to collect its bill all at once.

"Agony, more cunning and obstinate than death, has had me in its grip since then," Three Sevens tells me, and I feel the sudden impulse to caress his Arawak Indian hair, so black and thick, and so close to my hand now in this placid moment as night falls, while we both bend side by side over the furrows, planting legumes. The sun, which chastised us without mercy all day, has now become mild. The flocks of mosquitoes flutter in the last rays of light, finally disregarding us, while the fertile soil we are turning gives off a comforting and reassuring smell. And my hand, already intent of purpose, is anticipating the texture of his straight hair, which it is about to touch. My fingertips rejoice at the proximity of the contact. My arm stretches forward confidently, but suddenly I retreat: something is shouting at me to stop. The mass of black hair moves away, reverberating and burning me in a flash of contradictory signs.

I reread my last remarks and wonder why it is that his hair fascinates me. His hair, always his hair. Or rather, hair *itself*: the luxury and luster and the enticing warmth of the beings endowed with hair, as if my fingers were destined to disappear in the soft density of dark hair; as if an irrational and orphaned mammal instinct guided my affections.

"They beat Matilde Lina, they snatched the boy away from her and dragged her off somewhere," Doña Perpetua tells me, making her sibilant sounds whistle past the torturing dental prosthesis of which she is so proud.

From that moment, Matilde Lina's deeds were erased from the factual world and enthroned in a quagmire of speculation. Of no avail to her were the coltish kicks she knew well how to impart or the large impressions with which her teeth had adorned so many other people's skins. Did they conquer her by chopping off her tresses or by calling her whorish or crazy? Did they force her to kneel in the mud, did they break her body, did they break her soul? Did her screams resound through the mountain ravines? Or was what gave people goose pimples the soft cooing of the spotted owl or the cackle of some outlandish bird? Or of all the birds that knew her name and began to shout it in a bewildered litany?

Three Sevens doesn't know. He either doesn't know or doesn't want to know. And if he knows, he won't tell, keeping all the silence and all the horror to himself. He talks to me about her as if she had just reemerged for him yesterday: the passing of time does not mitigate the ardor of his remembrance.

After the ambush at Las Aguilas, Matilde Lina never appeared again, in life or in death, and no one could offer any news, large or small, of this woman recast by the toils of war, like so many others. Three Sevens was still alive but sentenced to death for the second time, allowed to meet his improbable destiny as a solitary child, orphaned and abandoned for the second time. A child of the woodlands, flying with the capricious four winds, in the midst of a country that refuses to be accountable for anything or anybody.

I can now imagine him, dazed after the catastrophe. He is lost in a trance, sitting at the edge of the road, and it is very slowly getting dark. Nothing is moving around him, and he doesn't feel pressed by time; he has no place to go. While he waits, he is growing older without realizing it. He only knows that the woman who was by his side has disappeared and that someday she must appear again. When she comes back, the child will wake up already an adult, and they will start walking, shoulder to shoulder. Silent days, months, and years are lethargically passing by on the road, but the woman who is supposed to return cannot find the way.

"So much life, and never more . . . ," sighs Three

Sevens occasionally, twice repeating the phrase, which I have heard uttered before by someone else in some other place, without my being able to comprehend it fully then or now.

"So much life, so much life . . ."

"And never more. . . ." I add, just to go along.

SIX

I wonder how a kid only twelve or thirteen, as Three Sevens must have been, could have resisted such a blow. How long was he given to periods of silence, how deep into the waters of his inner being was he thrust? What kinds of perplexities did he need to wade through before the day that, summoning all his energies, he put himself afloat again, transformed into the man I love without any hopes of reciprocation?

"His worst enemy has always been his guilt," Perpetua tells me, backing her argument with the authority of someone who knew him long before tragedy struck.

"Guilt?"

"Guilt, for not having been able to prevent their dragging her away. Guilt for not searching hard enough for her. Guilt for still being alive, for breathing, eating, walking: he believes all of that is betraying her. As the years go by without his finding her, he gets more and more entangled in a web of recriminations that haunt him while he's awake and batter him when he's asleep."

How can this be, if at the shelter Three Sevens preaches the habit of forgiveness? "The mistakes of the past are left at the door. He who takes refuge here should know that from now on, all his unpaid accounts are with his conscience and with God." This is the warning he offers to all, even to those who bring with them a scandalous reputation, be it as a thief, whore, guerrilla, or murderer. To those who gossip about the sullied pasts of others, he says outright: "Cut that out, Mr. So-and-so, in this shelter nobody is good or evil."

"This is the kind of reasoning that entangles all reason," the old woman tells me. "The only one Three Sevens cannot forgive is himself."

"Why does he have to pay for a crime he didn't commit?" I inquire. "Why does he have to punish himself so?"

"Because his guilt follows different twists and turns, Three Sevens did not really look upon Matilde Lina as his mother," she says, revealing what I already know better than anybody else. "I had seven children and lost three, and I know very well how a son looks at his mother. Matilde Lina had an extravagant temperament, but she was a woman of strong presence, with a girlish face and large breasts. Many lusted after her body and did not succeed because she knew how to kick and bite to defend herself. I saw her washing by the river, her blouse open, half-unbuttoned, with Three Sevens at her side, a growing boy beginning to show fuzz on his face and in other places he dared not confess. Her breasts were exposed, and the boy looked at them, as still as a rock, gasping for breath and becoming a man before that vision."

I can also see Matilde Lina by the water's edge, busy in her occupation, immersed in herself and unaware of her nakedness, at a moment of deep intimacy that is not disrupted by anything, not even the stirring that burns in the boy's gaze.

"Of course, he was not the first adolescent to stare at his mother's breasts," I object to Perpetua, and she laughs.

"No, of course not," she answers. "And he will not be the first one to keep searching for them in all the other breasts that cross his way."

SEVEN

After the caravan's stampede on the day that Matilde Lina disappeared, Three Sevens was not the only one abandoned on Las Aguilas Peak. Through a wise quirk of fate, which is not as arbitrary as people suspect, there was also the image known as the Dancing Madonna, all alone and half-sunk in the thick of the churning bog.

"At the time of the ambush, our patron Madonna did not grant us any protection," Three Sevens still recriminates, and he tells me that when he noticed her lying powerless in the mud, he felt his face burning red in a surge of rancor.

"Old piece of lumber! Selfish, unfair, and lazy! Miserable wooden doll!" were the blasphemous words he recalls screaming at her. "For years we helped carry you on our shoulders as if you weighed nothing. We kept candles lighted around you at night, and by day we protected you from the rigors of the climate with a canopy worthy of a duchess, only to have you finally let disaster fall upon us anyway."

Trying to push away the aura of loneliness that had suddenly returned to him, Three Sevens cast the blame on the Dancing Madonna for the disappearance of Matilde Lina, the only companion that life had not taken away from him, and he started hurling those insults, and more severe ones, until he realized that this lady, who had appeared before to be dancing a *sevillana*, now with the same gestures seemed to be just flailing in the mud. "Not only had she failed to protect us, but quite the opposite: she herself was in urgent need of protection."

"Then I forgave her, and took on the obligation of carrying her all by myself. So I rescued her from the swamp, polished her as best I could, hoisted her on my shoulders, and started walking in directions as yet unknown either to her or to me, and which we were in no condition to determine. 'I ask you a thousand times to forgive me, my Blessed Queen, but your procession ends here.' This was my warning, so that she would start forgetting her former privilege of being carried on a litter and resign herself, once and for all, to doing without her candles, or psalms and hymns, or garlands of roses made just for her. 'From now on,' I told her frankly, 'you will have to be traveling in poverty and on Indian shoulders, with this jute sack as your only mantle and this sisal rope as your only luxury. Which means, my Queen, that your reign is over; now you'll go around like everybody else.'"

"God, who never forsakes His children, wanted to give her to him as partner and guardian," says Perpetua, blessing herself and kissing a cross that she forms by placing her thumb over her index finger. And I realize, beginning to piece things together, that Matilde Lina and the Dancing Madonna, strangely, must be a single image, both mother and Virgin, both equally love-giving and unreachable.

Life, overwhelmingly, continued its course, and people fended for themselves as best they could. Owing to a lack of witnesses, I have been able to reconstruct the following decades only in patches. Three Sevens, as I said, does not talk about himself, but I know that he survived into adulthood against all indications. I suppose that he beat the odds thanks to his pilgrim's doggedness, the solidarity laws of the road, the shelter provided by the generous, and the benevolence of his patron Virgin. Perhaps he was greatly helped by that lucky sixth toe and, above all, by his stubborn determination to keep searching for his loved one.

The so-called Little War had ended, and a new one that didn't even have a name was decimating the population, when Three Sevens appeared in this sweltering oil city of Tora, dressed like a peasant in white cotton, with his Dancing Virgin in his pack, wrapped in plastic and tied with a cord, and with the idea well fixed in his head that, according to some information obtained from a woman in San Vicente de Chucurí, here he would finally find his Matilde Lina.

"Did you already look for her in Tora?" that woman asked. "I knew someone there who made her living by washing and ironing and who just fits your description."

Hundreds of people, urged by necessity, were flocking every day to that carnival of miracles, in hopes of finding salvation in black gold and attracted by floating rumors of a promising future.

"You can find work there; the oil refinery needs people."

"In two months my uncle made enough to live on for a whole year."

"Oil money reaches everybody."

"In Tora things will go better for you."

While the men dreamed of finding a job in the refinery, prostitutes and girls of marrying age dreamed of catching an oil worker, famous around the country for being well paid, single, and spendthrift. It was rumored that the money they freely spent was enough not only to keep wives and mistresses, but also to provide well-being for the women selling food in the fields, street vendors of corn on the cob and meat turnovers, along with masseurs, prayer women, distillers of firewater, dressmakers, striptease dancers, and lottery vendors.

Three Sevens followed his own dream, not shared with anyone. He went through the territory against the flow of the crowds, with the singular intent of encountering just around the next corner, face-to-face, his "*Desaparecida*," so for him every corner brought first anxiety and then disappointment.

"I bought a medal of gold and a lace shirt for her," he tells me, "so if I met her, I would not be caught by surprise without a present. And I could not indulge in the luxury of taking a rest, because I might fall asleep and not see her as she passed by."

A medal of gold and a lace shirt . . . A medal of gold and a lace shirt. Tonight I can't sleep, because it's too hot. And because I have learned that he once wanted to give her a medal of gold and a lace shirt.

"Everybody ends up here, and sooner or later she too will come," Three Sevens used to repeat to himself whenever he felt his faith start to quaver. He lived among the men by the refinery fence, allowing time to go by, but he did not make common cause with them. The fence men hold on to their hope, clinging to the high mesh wire that surrounds the refinery to keep out outsiders and those lacking IDs. Standing there for one, two, or even five months, in sunlight and starlight, they wait to be let in and have their names entered on the payroll. They gather in bunches along the wire fence, holding on to a promise that nobody has made, waiting for the opportunity that life owes them.

In the midst of this growing crowd, Three Sevens watched all kinds of people walking about, going in circles, expectant and alert: welders who had come following the voices of the oil pipes from Tauramena, Cusiana, or Saudi Arabia; grinders who had already tried their luck in Saldaña, Paratebueno, or Iraq; graduates from a technical institute; master technicians, adventurers, and novice engineers—with Three Sevens being the strangest one, wandering without any other purpose than to ask if by chance anyone knew or had seen or heard about a quiet Sasaimite woman with shifting eyes by the name of Matilde Lina, who earned her living as a washerwoman. If somebody asked him for more details, he just murmured that she was like everybody else, neither tall nor short, neither white nor black, not pretty or ugly, either, not lame or harelipped, and with no birthmarks on her face. There was nothing, absolutely nothing that would distinguish her from the others, except for the many years of his life that he had invested in searching for her.

The opportunities for employment were good for the first to arrive, enough for those who arrived next but scarce for those who followed. The company ended the hiring, and from then on, the rest just waited and waited for countless days for the wire fence to open and let them in.

"We had convinced ourselves that oil was the magic wand that could right every wrong," says Perpetua, who also came to Tora riding on that illusion. "Perhaps it was so at the beginning, but not true later, though the idea, like a stone in one's shoe, was firmly embedded in many people's minds. While some quickly left, pushed out by frustration, others came in. We saw them arrive, without any luggage but with an expectant gaze that we could easily identify because, at some point, all of us had that same look. Those of us who arrived first bunched together to make room for them, but without offering any warnings, because experience itself would eventually darken their hopeful gaze.

With the passing of time and the lack of food, the men by the wire fence grew skinnier. The women selling turnovers took up their baskets and went to another plaza looking for customers, and the unmarried girls began to dream of military men or emerald hunters. Even Three Sevens's unflappable disposition was showing signs of fatigue and hopelessness. On one dizzy evening that hangs heavily on his conscience, having already spent his last paper bill on a white rum spree, he gave away the lace blouse he had bought for Matilde Lina to the first young whore with an honest smile that he met, and after an hour of love, he also slipped the medal on her.

And now here I am, thinking about all of this, so far from my own surroundings, and lying in this disorderly bed, unable to sleep. On account of the heat. On account of the noise from the electric plant. On account of the fear that lurks at night in every dark corner of this besieged place. On account of knowing that a man named Three Sevens, if that could be a name, once long ago bought for his loved one, a lace shirt and a medal of gold.

EIGHT

*T*his place is alien to me and alien to all that is familiar. It is ruled by special codes that require an enormous and constant effort at interpretation on my part. However, for reasons that I can't quite understand, this is where the deepest and most essential part of my being is called into play. It is here that a voice, muddled but demanding, summons me. Because in my own way, though the others are unaware of it, I too belong to this wandering multitude, which drags me through blessings and disappointments with the powerful sway of its ebb and flow.

Three Sevens is not aware, either. Like the rest of them, he sees me as an anchor, as one of the pillars in the place that has offered him shelter somewhere along his journey without end. He is getting now to the point that I have already reached: but how or why I got here, where I came

from, where I am going, he never questions. He takes my
steadfastness for granted, and, knowing how uncertain that
is, I invite him to rely on it nonetheless. I do this in deepest
sincerity, with the notion that if I stay on, it is simply so
that he—he and those with him—might be able to make it.
It feels strangely seductive to act as safe harbor while knowing one is adrift.

But what to do with Matilde Lina—the Undefinable,
the Perplexed, the One Who Vanished? And how to get rid
of her intangible presence? With her heavy eyelids, her nebulous hair, and her faint heartbeat, she belongs to a ghostly
world that utterly escapes my control. Her tragedy and her
mystery fascinate and disturb Three Sevens, luring him like
a powerful abyss. She is a fierce rival. No matter which way
I think about it, I can't see how to defeat her enormous
presence, conceived in the imagination of a man who has
been shaping it throughout his lifetime into his own like-
ness, until he found the perfect fit within the confines of his
memories, and of his guilt and desires.

"Let her sleep, do her that favor," I say to Three Sevens.
"You are the one who keeps her imprisoned in the torment
of her false wakefulness. Let her drift away in peace; do not
incite her with the insistence of your remembrance."

"And if she were alive?" he asks me. "If she's still alive, I
cannot bury her; and if she's dead, I have to bury her. I can-

not just leave her, abandoned and restless like a wandering soul. Whether she's dead or alive, I must find her."

"Have you considered the possibility that this might not be feasible?" I say cautiously, letting each word out slowly.

"And what if she is looking for me? What if she is unable to have a life of her own because she is so attached to mine? And what if she suffers from thinking that I'm also suffering?"

"Well, then, let's go dancing," I proposed to him the other night. "Here in your country I have learned that when problems have no solution, the best thing one can do is to go dancing."

It was a cool Saturday in December, and he accepted. We drove down in the nuns' truck to a popular dance place, Quinto Patio, in the very center of Tora. Christmas was approaching, and in the narrow streets bedecked with colored lights, people of goodwill were sharing custards and sweets, singing carols accompanied by penny whistles and tambourines, and stopping at the crèches to recite the season's prayers. Neither the quicksilvery moon that embraced us, nor the sweet scent of jasmine, nocturnal and intense, nor the blare from the jukeboxes playing the Niche Group's salsa from Cali, nor even the upcoming celebration of the birth of the King of the Heavens had managed to stop the killings. Once in a while the war would explode its insidiousness in our faces: gunshots on one corner or an explosion in the distance, while at the same time, the mad euphoria of being alive, so characteristic of this indescribable land, swelled all around us.

"There's no country on earth as beautiful as this one," I told Three Sevens that night while we were buying green mango slices sprinkled with salt from a street vendor.

"No, there isn't, nor a more murderous one, either."

In the cozy, red semidarkness of Quinto Patio, Three Sevens and I started dancing, shy *merengues* at first and passionate salsas later, which he, like a true Colombian, performed nimbly while I tried to follow his steps in spite of my clumsy foreign feet.

"I must ask you something, Three Sevens," I blurted out, making him interrupt his joyful dancing.

"Oh, come on, why so serious? What can possibly be troubling my Deep Sea Eyes?"

"Tell me, what happened to the cats?"

"Cats? Which cats are those?"

"The hungry cats that you and Matilde Lina were taking care of when you were ambushed."

"Oh, those cats. Nothing happened to them."

"How do you know?"

"Because nothing can happen to cats."

Later that night, just before dawn, and with a full bottle of rum tucked away, we danced a final bolero, very close and slow as it should be, and without remorse. Shielded by its pulsating rhythms and tragic words about broken wineglasses and frustrated loves, Three Sevens and I, happy, light-headed, and by then half-drunk, got closer without eagerly seeking each other, without any urgency, without asking for the other's consent.

"How long does a bolero last?" I now ask Doña Perpetua.

"The old ones, about five minutes; the new ones, not more than three."

Not more than three. . . . The next day, which started as a Sunday but dragged on so slowly into a colorless afternoon that it might as well have been a Tuesday, I met Three Sevens in front of the bread ovens. He was taciturn and enveloped in a distancing cloud. Again he had Matilde Lina's shadow, limp and ethereal, draped around his neck as if it were a gray silk scarf.

NINE

The great petroleum fever was already over when Three Sevens found himself involved, without realizing it, in the incidents that were going to bring him to this wanderers' shelter, where he would become an obsession for me, almost as much as Matilde Lina was for him. Riding as he was on the highs and lows of his longing and heartbreaks, he failed to notice the precise moment when discontent, which burned slowly in Tora, suddenly boiled over, breaking every channel of restraint.

"Cover your mouth with a wet handkerchief and run!" someone warned Three Sevens as he was watching the turmoil from a supply store, attentive only to any feminine face that would remind him of the one he was looking for. He did not heed the advice because he had no handkerchief and had nothing to do with what was going on, but just in case, he took his Madonna to the safety of an abandoned carriage portico. In a few seconds, the whole place was stormed by soldiers camouflaged as shrubbery, with leaves covering their helmets and branches on their backs, wearing masks and carrying hoses with containers that reminded him of fumigation tanks.

"They are gassing us!" he heard someone shout at the time a nasty cloud engulfed him, burning his skin, locking his throat, and making his eyes swell with something a thousand times worse than pure chiles.

That is what he says, but the newspapers in those days said that one of the agitators of the outcry was Three Sevens himself. Heaven knows.

By averaging the different versions of the following incident, I have concluded that Three Sevens had not yet recovered from the asphyxia and dizziness caused by the tear gas when he managed to see, through the red fog in his burning eyes, a boy crossing the street holding a food carrier. One of the fake bushes probably thought it was a bomb or a Molotov cocktail.

"It's my father's lunch," the boy protested, trying to evade the soldier's beatings while protecting with his arms what seemed, in fact, to be a food carrier but perhaps was a Molotov cocktail as the camouflaged soldier suspected. It is common knowledge that with a dirty war going on, one cannot trust the troops or even the children.

People say it all happened at once: the soldier attacked

the boy; Three Sevens, brimming with indignation, hit the soldier; the pack of fence men got into the action; and all hell broke loose.

When the authorities began to investigate and the story of what happened was being pieced together, witnesses came forward swearing that the agitator who had infiltrated their group and attacked the soldier was a young outsider, a Communist carrying weapons and wearing no shoes, who could be easily identified because he had six toes on his right foot. He was a desecrator of temples and a thief of sacred images, among them a Virgin sculpted by the famous Legarda, which was a valuable colonial relic.

"Mother Françoise suspects that you are a guerrilla or a terrorist," I prodded, to see if I could make him talk, after he had been at the shelter for two or three months and there was a beginning of trust between us.

"My war is much more cruel, Deep Sea Eyes, because I carry it inside of me," he said, avoiding a real answer. It was during those days that he started calling me Deep Sea Eyes. "Come here, my Deep Sea Eyes, you seem listless and sad," he calls out to me, or he asks around: "Where is my Deep Sea Eyes today? She has not yet come to say hello to me." Or else, "Don't look at me with such eyes, girl, or I'll drown in them."

"No need to drown," I counter. "It's enough if you just

take a good bath. Here's the shampoo to wash your hair, and a clean shirt. Do you think you're still living in the wild?"

"Heaven protect me from your scolding, my Deep Sea Eyes"—he calls me this, "my Deep Sea Eyes," as if my blue eyes belonged to him, as if all of me were his, and when I hear him, I surrender myself unconditionally to his ownership. Though I understand at the same time that this way of addressing me confirms the distance between us: large blue eyes come from another race, social class, and skin color; another kind of education, another way of handling the knife and fork at the dinner table, of shaking hands in greeting, of finding different things funny; another way of being, difficult and fascinating, but definitely "other." When Three Sevens calls me Deep Sea Eyes, I also understand that between my eyes and his there is an ocean. But he knows that by using *my*—*my* Deep Sea Eyes—this *my* is like a little boat: insufficient, frail, and precarious, but a vessel after all in which to attempt the crossing. That is how my desire reads this, because the only certainty I can find lies in just a few uncertain words.

TEN

After the disturbances surged in Tora, Three Sevens went from the most forgettable anonymity to become the topic of the day. He was hounded by dogs avid to crucify any scapegoat, and according to Eloísa Piña, the president of a civic committee that joined the revolt and to whom he appealed on that occasion for help, he was much less concerned about saving his own skin, which, by the way, was already singed from the tear gas, than about the certainty that Matilde Lina was there somewhere, submerged in that mass of people; and about the need to find a place in which to hide his Madonna, so suddenly famous, transformed overnight into a colonial treasure and claimed as artistic patrimony stolen from the nation.

"Go to the northeast of the city and start climbing those hills," Eloísa Piña advised him. "Put on a hat down to your ears, wear long sleeves to hide the beatings, and do wear shoes, so the additional toe doesn't give you away. Go across the sea of invaded neighborhoods without stopping or opening your mouth for any reason, and continue going up. When you're completely exhausted, you'll be reaching the last houses of a young neighborhood called Ninth of April. But I must warn you, those will never be the very last houses around, because even before the newcomers have finished building their own, people who arrived later are already starting theirs. In any case, do take a rest then, on the cliffs of Ninth of April, and inquire about the French nuns. Anyone will be able to take you to them. None of the military, the paramilitary, or the guerrillas dare to break into the shelter that the nuns have established up there, and in difficult cases like yours, they offer good protection. How? I'd say with the breath of the Holy Spirit."

With the money that Eloísa Piña lent him reluctantly, since she harbored no hopes of recovering it soon, Three Sevens bought a pair of black shoes of the famous Colombian Farmer brand, with laces and thick rubber soles. He was crossing the last street of the urban sector with the Dancing Virgin on his shoulder and his untamed feet restrained by the rigid new leather when he was stopped by a police patrol car in full use of its power and howling siren.

"What've you got in that bag?" the corporal asked him, suspicious of the heavy bulk he was carrying on his shoulder.

"Firewood," he answered without opening the sack, knocking on the wood of the covered Madonna, so that the corporal, who was not the kind of guy to lose sleep over virgins that are not flesh and blood, was finally satisfied as to the contents of the pack.

"Take off your right shoe!" he ordered next. He must have received instructions about the mischiefmaker's identifying marks: "Extra toe on right foot."

Three Sevens was at the bottom of despair, from which he invoked Matilde Lina: How am I going to keep looking for you, my dark saint, if I get shut away in a cell with locks and chains?

"Do you want me to take off my shoes, Corporal?" he said, playing the fool.

Three Sevens sat on the curb with the dead calm of one who realizes that there is nothing else to be done. He looked at his new shoes with fathomless sadness and got ready to untie his shoelace with the resignation of a person condemned to death who stretches his neck up toward the ax blade. But at the last instant, in a final gleam of mischief, like a clowning toreador attempting one last cabriole to dodge the bull's horns, and without a word or shift in demeanor, he took off his left shoe.

"One, two, three, four, five." Five toes exactly, the bureaucratic corporal counted, not one more, nor less.

"You can go," he ordered, unaware of the sleight of foot.

ELEVEN

$\mathcal{A}$ll in one piece, his natural color restored as if he had recaptured his escaping spirit, and in control now of the punishing shoes, which seemed softer after the scare and more pliable in response to his quickened step, Three Sevens abandoned the warring center of Tora and began climbing the mountain through the rosary of invaded towns, just as Eloísa Piña had suggested. He left behind one after the other without knowing their names, because by the time he could ask, he had already reached the next one.

"What imagination!" he said, astonished by people's capacity to invent fantastic or ironic names, like Gardens of Delight, Paradise Heights, or Promised Land; or sometimes to commemorate ambiguous victories of the people, like Twentieth of July, Emancipation Cry, or Camilo Torres; Young Saint Theresa, Saint Peter Claver, and María Goretti, in honor of their favorite saints; Villa Nohra, the Damsel, and Mariluz in honor of women; while the rest were in series of repeated names when people could not think of anything better: Villa Areli I, Villa Areli II, Villa Areli III; Popular I, Popular II, Popular III.

After forgetting about the incident with the corporal, Three Sevens at last recovered his confidence and dared make a stop to look below. He was surprised to see in the distance, and anchored in the midst of the jungle, the reverberating metallic spires, rising like a cathedral from the refinery with its entangled web of pipes, towers, and tanks, in all the splendor of its internal fires and toxic fumes.

Wretched city with a heart of steel, thought Three Sevens, powerful heart crowned by thirteen chimneys, all painted red and white, spewing into the sky their eternal blue flares.

"I suspect that these flames have already burned up all the oxygen," I have heard him say more than once, "and soon we won't be able to breathe. Why shouldn't the weather be hot, if we're riding on top of such a furnace?"

He kept climbing up until the solid ironwork of the refinery dissolved into a mirage, and from so many pipes and so many tanks, his eyes perceived only gleams of sunlight. In the meantime, he could hear an incessant hammering, which grew progressively louder, as urgent and tireless as an obsession. It was produced by the families of newcomers who, for each existing house, were building two more: they were nailing boards here, tapping bricks into place, or flattening tin cans over there, and higher up they were making do with sticks and cardboard. As he continued to climb, the dwellings became more makeshift, more immaterial, until the last ones seemed to be built out of pure hammering on air, out of sheer yearning.

Suspended in the calcified whiteness of the noonday sun, two women were cooking over an improvised fire on the dirt road, and a barefoot old man was carrying a mattress. A yellow dog barked relentlessly at Three Sevens's new shoes, and a group of kids stopped kicking a rag ball in order to watch him as he passed by.

Three Sevens knew that he had gone through the mirror to the other side of reality, where in the shadow of the fragile official state, the clandestine, boundless continent of outcasts extends in silence.

Matilde Lina is here, he thought. She must be here, or maybe not.

TWELVE

*T*hree Sevens appeared at the shelter for the first time on one of those heavy, humid August afternoons in which our planet seems to cease turning. The knocking outside barely dissipated the lethargy floating through the yard, and as I got up to open the door, I resented how heavy my feet felt, bloated by the heat. I could not see much of the newcomer, wrapped as he was in a poncho, a felt hat down to his eyes and a sack on his shoulder. I asked him to follow me and offered him a seat, which he refused, caught between staying and turning back to leave as fast as he had come in. It was then that I asked him his name, left him searching for Matilde Lina's in the register, and looked for Mother Françoise, who was then the director of the refugee shelter where I devote my days.

On my return, I was happy to see that the strange figure

of Three Sevens was still there. I felt sure that he was going to continue on his journey, but he did not. He was still standing at the table that served as reception desk, had stopped checking the register, and was clutching his pack as if afraid someone might try to snatch it away. He seemed tired and unwell, and I thought he had to be boiling hot under so much clothing. Mother Françoise must have had the same thought, because she asked him if he wanted to have a lemonade, since it was so hot . . .

He answered with a grateful no and remained silent.

"What are you carrying in that pack?" she asked, seemingly to encourage some exchange.

"Firewood," he answered, but I sensed that he was lying.

It took Mother Françoise quite a while to convince him to eat something and take off his poncho. Seeing that his skin was burned, she asked me to give him aspirins and apply some butesin picrate. At first, he allowed me to apply the cream only to the blisters on his face and arms, but maybe the softness of my fingers relieved him a bit from his sadness and mistrust, because he opened his shirt and showed me the burns on his chest and neck.

"How did this happen?"

"Sunburn," he told me, and I knew he was lying again. That was to be expected: in this shelter all sorts of persecuted people come seeking refuge, and it is often a matter of life and death not to tell a single truth. So one has to distinguish between harmful lies and truths not told.

"Miss, you're doing such a good job that I am better greased up than a truck transmission," he said, laughing, when he was covered with the yellow ointment.

A couple of days later, well rested and recovered, he was helping around the vegetable patch and the kitchen, and he even offered to help with the administrative bookkeeping. We were in the middle of reviewing an expense list when he confessed to the Mother Superior and to me that he had been carrying in his pack the famous dancing image of the Virgin from colonial times, no less, the one so sought after by the authorities in Tora and the surrounding towns. Since we had already heard about this image from the radio and from the press, Mother Françoise raised her arms to her head and began hollering, which only surprised those who were not familiar with the excesses of her French temperament.

"What a terrible outrage!" she screamed in her very own French accent. "How could you think of doing this to me, bringing here a stolen image of the Virgin!"

"I did not steal it, Mother," he insisted, but to no avail.

"Don't you know that here I cannot allow weapons, drugs, or anything possibly illegal, because that would just be handing General Oquendo the excuse he's been looking for? Don't you think that it's enough trouble to hide you, when they are looking all around for you, after the crazy things you did during the strike?"

"But I didn't do anything, Mother."

"Get that Virgin out of here, before Oquendo takes over the shelter with the claim that we're just harboring a pack of thieves!"

"But, Mother Superior, you are so hospitable to everyone, how are you going to throw the Madonna out into the street? Don't you see that I have been carrying her on my shoulders since I was a child? Don't you see that she was not stolen but saved by my people from the looting and the fires?"

Three Sevens took the Virgin out of his pack and untied the cord to free her from the plastic cover, but he had not yet finished removing it when a small miracle occurred. The dark Madonna captivated the nun with her sweetness and the Gypsy gracefulness of her gestures. Holding on to her skirts, she seemed ready to dance her way up to the heavens.

We looked all over the shelter for a place to hide her. We thought of burying her under the tomatoes in the vegetable patch, or putting her up among the roof rafters, or hiding her behind the washing sinks or among the grain bags stored in the cupboard.

"Not there, don't you see it's too humid for her?"

Nothing satisfied Mother Françoise. "Not there either, or the pigs will chew her up. And there, least of all! The termites will finish her off. Give her to me, I already know the best place."

"But what are you doing, Mother?" Three Sevens protested.

"You better shut up, it's all your fault."

Cutting off all objections, the nun ordered that stones, cement, and trowels be brought in and had everybody building in the middle of the yard a high structure, strong and ostentatious, to house the image. She set the Dancing Madonna in a display case crowded with offerings and plastic flowers. There she was, in full view, but well protected and inaccessible behind glass. Before locking the case, Mother Françoise disguised the Madonna. She ordered a mantle with a triple flounce cut on the bias and a lined hood, the color of night with stars, which covered the image completely except for her pretty face and her light foot stepping on the Beast. Around the niche the nun planted shrubs and then fenced the enclosure.

"Where all can see her is where she can least be seen," said Mother Françoise, pleased at last.

"What a remarkable little nun," said Three Sevens, managing a bittersweet smile. "She put my Madonna behind bars."

Like a knight-errant unhorsed in the defense of his lady,

not knowing what to do, he sat at the foot of the niche and let himself float halfway between relief and the desire to cry. He was happy to see his Virgin so dignified and elegant, surrounded by flowers and offerings, this Madonna who had seemed so accustomed to the hardships of traveling and the roughness of his sack. Where could he go now without her company? If he continued on his way, he would leave her behind; if he stayed, the tracks of Matilde Lina, always pushing onward, would get cold. Being at the crossroads made him feel trapped by time and froze his initiative. That was perhaps the only time I saw Three Sevens truly dejected. He was dispirited and opaque, like a desiccated bird.

Meanwhile, Perpetua, who had been dragged by life to this same yard, was rearranging her ill-fitting dentures and watching the scene in utter disbelief: her small droopy eyes went from inspecting the Virgin, to observing her owner in puzzlement, and back to the Virgin, looking up and down at her. Suddenly her eyes lit up.

"Sir," she said to Three Sevens, touching his shoulder respectfully. "Sir, isn't this the image of the Dancing Madonna, patron of the town named after her that was once around Lost River, in the department of Huila?"

"No, madam, you are confused," he objected, standing up, paranoid after so many episodes of persecution.

"How strange," Perpetua insisted, "I have been looking at her for a while and I could swear that she is the same one. I think there is no one the likes of her. . . ."

"No, she's not. As far as I know, this is Saint Bridget."

"Saint Bridget, virgin, or Saint Bridget, widow?"

"Only Saint Bridget, that's all, and if you don't mind, I have to go," Three Sevens ended, convinced by now that the old woman was an infiltrator from military intelligence who was asking him questions in order to denounce him.

A few hours later, while Three Sevens was in the yard in his underwear hosing himself, Perpetua's small droopy eyes, again perusing him, met with the sixth toe. This immediately brought back memories that dispelled all doubts.

"Three Sevens! You are alive! Don't you remember me? I am Doña Perpetua Morales. You must remember the Morales children. . . . Isn't it true she is our patron saint, the Dancing Madonna? I could recognize her anywhere in the world. . . . And you, aren't you Matilde Lina's godson?"

In the meantime, Mother Françoise, on all fours, was busy fixing a siphon with a wire and didn't have a clue that, in building a niche for the wooden Madonna in the steaming city of Tora, she had laid the foundation for what one day, heaven knows when, would surely be the second and last neighborhood named Santa María Bailarina in honor of this Madonna. Its population will have forgotten the migrating origin of their ancestors and will have grown so accustomed to peace that they will take it for granted.

THIRTEEN

"Those who escape from hell come here," I tell Three Sevens as we cross the central yard, past the collective bathrooms and the open sheds of the seven sleeping quarters, arranged in tight rows of bunk beds.

I introduce him to Elvia. She is a slight, dark woman from Quindio who feeds pieces of fruit to her bluebirds, the only thing left from her property, which was near La Tebaida.

"I also managed to save my chickens," Elvia tells us with a bluebird perched on her shoulder and another on her head. "But the box in which I put them fell off the canoe, and they were drowned in the river. No one knows who made the loudest racket, the chickens or me."

"People get rid of their dogs along the road because they bark and give their owners away," I tell Three Sevens while showing him how the bread ovens work. "Quite often, however, they keep their birds and bring them here."

The only three permanent residents, Doña Solita, her daughter Solana, and her grandchild, Marisol, are sitting on a bench. Many people come and go in the ebb and flow of war, but these three remain on their bench, crisply starched and dressed up like three dolls in the shop window of a toy store. I pick up Marisol, my goddaughter, who is only a few months old and was born in the shelter.

"Nobody comes here to stay forever; this is only a way station that offers no future. We give to the displaced five or six months of protection, food, and a roof over their heads, while they overcome the effects of their tragedy and become just people again."

"Is it possible to become a person again?" Three Sevens asks without looking at me, because he knows the answer better than I do.

"Not always. However, the shelter cannot extend their stay, so they must go on their way and face life again, starting from zero. But those three, where are they going to go? Doña Solita cannot work because her hands are crippled with arthritis. Her other children were killed, and her daughter Solana was left pregnant. She is severely retarded, you know. Where in the world can these three angels from heaven live, if not here?"

"If not here," Three Sevens repeats, with his habit of repeating, like an echo, the last phrase that he hears.

"When I arrived," I tell him, "I saw the same things you are seeing now: women at the washbasins, men working at the vegetable patch, children being read stories. They were silent and slow, like sleepwalkers, their minds on other worlds while they pretended to lead normal lives. I did not find any hostility in them, but instead, a kind of beaten humility that made my heart sink. Mother Françoise told me I should not let myself be fooled. 'Behind this air of defeat there is a very vivid rancor,' she warned me. 'They are trying to escape the war, but they carry it within themselves because they have not been able to forgive.'"

From his first day with us, Three Sevens demonstrated that he did not know what inactivity was, letting it show that he had the surprising ability to do any task well, whether plastering walls, sacrificing pigs, organizing cleaning brigades, or driving the truck. No job was too big for him, and there was no problem he would not attempt to solve.

Through his own unintended confessions I know that he has made a living in almost every trade that has cropped up along the way, because the more he looks for Matilde Lina, the more opportunities come to him. I ask him why he never eats meat, and I find out that he worked as a cleaner in a butcher shop in Sincelejo and was paid in beef lungs and bones. He knows how to sew up wounds, pull teeth, and repair broken bones because he worked as a nurse at San Onofre; he can drive a bus because he was a substitute driver on the Libertadores route; he developed his muscles as a boatman on the Magdalena River; took stolen automobiles apart in Pereira, was a potato harvester in Subachoque and a knife sharpener in Barichara.

Among all his skills there is one in particular that has proven indispensable for us: Three Sevens knows how to mediate a dispute.

Conflicts explode much too frequently at the shelter because of overcrowding. People who don't know one another must live together in close quarters for a long time and share everything, from the toilet and the stove to the adult sobs muffled by pillows but still heard in the dormitories at night. And let's not talk about the tension and extreme mistrust generated when a group that sympathizes with the guerrillas is lodged together with a group that is fleeing from them. Three Sevens has demonstrated an inborn talent for handling impossible situations with tact and authority. He has become so indispensable for the nuns that Mother Françoise has conferred on him the position of superintendent. With this she intends to tie him to the shelter, because Three Sevens has a tendency to drift away every time the wind blows from a different direction.

If he hears rumors that people are migrating to the lowlands of the Guainía in search of gold, or that thousands are going to Araracuara and to the river region of the Inírida to make a living in the coca plantations, right away his torment, which had abated for a while, shakes him up again and fills him with the certainty that Matilde Lina must be over there, blended within the wandering multitude.

"But where could you be going, if this is truly the end of the world? How long do you think you can keep getting on the road, when all the roads finally wind up here?" I ask him, but he turns a deaf ear and puts on his Colombian Farmer shoes as if they were his Seven-league Boots. Then we see him again wearing the garments he had on when he first arrived: felt hat down to his ears, peasant poncho, white cotton pants. From the window, and with my heart pounding, I accompany him as he disappears down the road.

So far, he has always come back in a few weeks, totally exhausted and downcast, but with his knapsack chock-full of oranges and milky bars for his Deep Sea Eyes, and for Mother Françoise, and with a box of guava pastries that he distributes among Perpetua, Solana, Solita, and Marisol.

Maybe if he returns, it will be not to abandon his Dancing Madonna or the many human beings in dire need of his help who are waiting for him. And though I know it is not true, I close my eyes and pretend that, perhaps, and why not, he will also come back partly for me.

FOURTEEN

I can't see how, but Mother Françoise has discovered what is tormenting my heart.

"It does not seem prudent to fall in love with one of the displaced," she casually dropped on me the other day, just like that, without preamble, though I hadn't breathed a word to her.

"So it does not seem *prudent* to you, Mother?" I countered, charging my question with all the ill feelings I had accumulated since the bad smells had started. "And is there *anything* going on here that has the slightest connection with prudence?"

Mother Françoise's meddling bothers me because I would a thousand times prefer to have no witnesses to this absurd, unanswered love. But the foul smell of burnt hooves bothers me more than that or, should I say, makes my life impossible, because it coincides with the present crisis for the security of the shelter, and with the fact that it's already three months since Three Sevens left for the capital in his effort to contact a certain organization that might help locate Matilde Lina. In all that time we have received no news from him, no communication about the possibility of his return. So I add to the external pressures the uncertainty about ever seeing him again, and the anxiety is eating me up. What saves me is some compensatory instinct that must regulate the body's humors, and which, when I am at my wits' end, somehow calms the tide of grief and grounds my spirit on the shoals of apathy.

I wrote down the phone numbers of Three Sevens's contacts in the capital, but with enormous effort, I've refrained from calling to find out how he's doing. Am I going to be looking for him while he's looking for her? At least I have enough pride left not to do that.

The nasty odor comes from a tallow factory installed on a parcel of land across from the shelter. Every morning the workers bring from the slaughterhouse six or seven carloads of cattle hooves that are burned in the plant all day long to extract the tallow, which poisons the entire area with a sickening vapor. First there is the foul smell of burnt hair that later turns into a culinary smell, capable of stimulating the appetite of those blissfully unaware. Very soon this second tonality of odor becomes suspiciously sweet, like the roasting of overripe meat—very overripe; in fact, putrid. The home kitchen aroma then turns into a garbage dump stench, and the nausea it causes makes me want to escape on the run. I suppose the hooves are composed of the same substance as the horns, and I realize that the popular Spanish expression "It smells like burnt horn" is no idle comparison. The smell invading us now is on an uncertain path from fresh to rotten, and I have come to believe that it emanates not only from the tallow factory, but from our own bodies and belongings as well. My skin, my clothes, the water I try to bring to my lips, the paper I use to write, are all saturated with this morbid odor, treacherously organic, like that of a wretched Lazarus trying, and failing, to come back from the dead. It envelops me, envelops all of us, in its raw and tenacious ambivalence.

But topping all that happens in the shelter, always critical these days, is the particularly difficult situation we are now going through owing to the latest pronouncements by Commander Oquendo, of the Twenty-fifth Brigade, located right here in Tora. He has declared that the shelter is a refuge for terrorists and criminals, funded from abroad and camouflaged under the banner of so-called human rights organizations, concluding that we serve as a front for armed subversion. He says that in the face of such deceit, the forces in charge of keeping the public order have their hands tied. It is obvious that he is looking for an excuse to untie his hands and ignore human rights codes in order to proceed against us. And now, behind the challenged symbolic protection of our walls, we are waiting for the army to storm us or to send over a death squad at any moment.

Perhaps if I smoked, I could flood myself with nicotine and find some diversion from these days, so distressing that they seem theatrical; but since I don't, I have taken up reading as if compelled to obliterate any free space for my own thoughts. However, everything I read seems to refer to me, to have been written with the sole intent to thwart my escape. There is apparently no solution, then, no possible way out. Not even through reading. Tora, with its war and its struggles, Three Sevens and Matilde Lina, Mother Françoise, and myself are hopelessly filling every available crevice, flooding the whole landscape with our burnt smell, and marking with our own pollution even books written elsewhere.

At this moment, Three Sevens seems to have disappeared from the map, perhaps finally reunited with Matilde Lina in that never-never land where she reigns. Sometimes I wish with all my heart that it has been so, for him to discover that she is just of average height and that she drags around petty miseries like all of us.

"Be merciful, O Lord," I plead to a divinity in which I have never believed, nor do I now. "Don't make me love someone who does not love me. Send me, if you wish, the other Seven Plagues, but for mercy's sake, relieve me of this one, and also of this intolerable deathly smell that surrounds me. Amen."

FIFTEEN

*T*he tallow-processing plant no longer exists. We breathe freely again, and, piquant and green, all the vapors from the rain and the jungle are coming back to us.

Mother Françoise, who is crafty and diligent, found out that the owner, an older man living on the premises, was abandoned by his young wife, a full-bodied mulatto who had kindled the lust of all the male population. Mother cunningly convinced him that the foul smell was to blame for her desertion.

"Don Marco Aurelio," she told him, "how could your loved one not leave you, when you made her live in the midst of this stench? Do you believe that a real beauty, a queen like her, is going to accept having her hair and her clothes reeking with grease?"

The old man, mired in grief, saw a ray of hope in this

advice. He kissed Mother's hands as a sign of gratefulness, moved his pestilent industry to a parcel that he owns in another area, and ordered the planting of geraniums, and African and Madonna lilies, in the lot across from us. His splendid mulatto has not returned yet, and wagging tongues say that she won't because she's gotten entangled in a love affair with a prosperous mafioso who has gold chains around his neck and a Mercedes-Benz in his garage. And that he sprinkles her body with champagne and brings her Chinese porcelain and French perfumes. Fortunately, the old man has not learned about that yet, and every morning he weeds his blooming garden under the illusion that it could bring her back.

Although everybody else seems to disagree with me, I am confident as to how this story will turn out: in order not to suffer that infernal smell, Mother Françoise is quite capable, if need be, of going after the mulatto woman to convince her that it is better to have an old and poor husband than a handsome one, full of gold.

The hell with Three Sevens, I decided that early morning in which my nostrils, in excellent humor, woke me up with the news that there were no longer traces of the stench. The hell with Three Sevens, I repeated after taking a freezing cold shower; now wide awake and without any palliatives, I stamped my seal on the decision. What I want is a man the way he should be: kind like a dog and always there like a mountain.

The hell with Three Sevens; I hereby disengage from that individual; I won't honor him by dedicating one more thought to him; I repeat this over and over again to myself while I call a press conference, send fax messages, go down to the plaza to buy bags of grain and legumes, organize new reading courses for adults because those we have are not enough, and take care of the water leaks that have closed one of the collective dormitories. I've already forgotten Three Sevens, I keep saying to myself in the meantime. The only problem is that so much repetition has the opposite effect.

SIXTEEN

*A*fter the smell of death had dissipated, death itself was at our door. In less than two weeks, the wave of crimes devastating our district left a total of twenty-two persons killed, eight of them in Las Palmas, an ice-cream parlor a few minutes from here, and the rest in neighborhoods west of us.

Oquendo's threat had been only words, but they were lethal words that have opened the way for breaking and entering, so we tried hard to secure the support of the press, as well as pronouncements from democratic entities and visits to the shelter by important personalities. Anything that could back us as a peaceful organization, both neutral and humanitarian; anything other than waiting, arms crossed and mouths shut, to be massacred with impunity.

We knew that it was not easy to attract attention or ask for help in the midst of a country deafened by the noise of war. And if it was almost impossible to do it from any of the large cities, it was even more so from these craggy cliffs where neither the law of God nor that of man exists. Nor do the forces supposedly in charge of the public order ever reach us, but only those who, as civilians, come with the intent to annihilate us; and neither are the newspapers interested, nor do the edges of maps reach this far. That was why we were flabbergasted when we saw a delegation coming.

It was the most unusual, theatrical, and harmless of all delegations, composed of the rosy-cheeked parish priest of Vistahermosa, a freelance photographer, two radio reporters, and half a dozen girls about fifteen, wearing platform shoes and T-shirts that left their navels exposed and bearing names taken from Beverly Hills rather than the traditional Christian calendar, such as Natalie, Kathy, Johanna, Lady Di, Fufi, and Vivian Jane. They were all eighth-year students from Our Lady of Mercy School for Girls in Tora. Also making their presence felt, and in black from head to toe, their instruments stuffed into an old ocher Volkswagen they called the Mustard Menace, were the five members of Last Judgment, a heavy metal group from Antioquía, with tattoos and piercings even on their eyelids. "The latest thing; these boys are very modern," was Perpetua's remark when she saw them.

A motley bunch, ranging in age from fourteen to eighty and coming from every point on the compass, the members of this unusual delegation have nothing in common other than their intent to draw a human circle of unarmed protection around the shelter until the danger subsides, at least the immediate danger. Such is the trend starting to develop all over the country as the only means of resistance for people of peace against the violent people of every stripe.

"We will not abandon to the mercy of fate those who are threatened," preached the parish priest during mass, which he set up at the foot of the niche built for the Dancing Madonna. He was pounding on every word with such fire that nobody would have believed that he was a potbellied, pink-cheeked little man, scarcely five feet tall.

"Wouldn't you like to sit here in the shade, Padre, where it's cooler?" I asked him, seeing that he was flushed and gasping for breath after the service, as if he had truly ingested the body of Christ and drunk His blood.

"In a minute," he answered, "after I find the man who brought us here. I don't see him around."

"And who is the man that brought you?"

"I don't know his name, but people call him Three Sevens. He was asking for solidarity with this shelter, and got people to listen at the Office of Foreign Affairs, at the editorial offices of *El Tiempo*, the Episcopal Chancery, the

Red Cross, even at the Plaza de Bolívar in Santa Fe de Bogotá. . . ."

"So it was Three Sevens!" screamed Mother Françoise, who was also listening. "Three Sevens made this miracle come true! What a nice young man, our own Three Sevens. . . . Who would have thought!"

Then I saw him approaching, sticking his body half out the window of the dilapidated microbus, jam-packed with foodstuffs, and sporting his white linen shirt and an open smile that brightened his face. He was surrounded by a bunch of female members of the Animal Protection Society of Tenjo, who had offered to take care of feeding the caravan and the seventy-two displaced people currently in our shelter. As the commander in chief of this small army of girls and musicians, priests and older ladies, Three Sevens was never more handsome than when I saw him come through the door of the shelter, looking primitive and splendid, like a postatomic, epic hero, and then walk to the stone niche to kneel in front of his patron saint. It was the thrilling moment of return, the triumphal entrance of the prodigal son who had reappeared to be with his own and defend what he loved.

"You have come back," I told him, and immediately regretted it, fearing that by uttering those words I could revive in him the compulsion to leave again.

"Have I?" he answered with a question, like being caught in the act, still unsure whether his own thinking agreed with his actions.

The ladies from the microbus improvised some fires in the middle of the yard, set cooking pots over the flames, and began their toil of peeling potatoes, preparing casava, slicing plantains, husking corn, and cracking some beef backbones to thicken the *sancocho* stew that they would distribute among all.

"At first, when we founded the Protection Society, it was just to shelter cats and dogs. Then we expanded our efforts to include orphans and soldiers' widows, and now, look at us here," one of the women, Luz Amalia de Montoya, tells me. This lady, with her carefully made-up eyes and rouged cheeks, fifties-style bob, and a double row of fake pearls and costume earrings, could be much more easily pictured watching a noontime soap opera and comfortably sipping chamomile tea than perched up here, challenging danger and distributing crackers and bowls of oatmeal among children and women whose names she doesn't know, totally oblivious to the absurd fact that her old-fashioned soft roundness could be our best shield against the bullets.

Though I have never succeeded in developing a taste for *sancocho*, a grayish, heavily starched porridge that in all honesty I totally dislike, now that it is starting to boil and bubble, I have to admit it emanates a beneficial vapor that penetrates my lungs and, deep inside, turns into joy. How wonderful to perceive the smell of this soup, I think. Nothing bad can happen in a place where people gather around a big pot of soup. Life is stirring here, while death awaits outside, and the barrier between one and the other is just a bubbling pot of soup, a spider weaving its web, a fabric of minimal moves that builds up into a protecting wall.

Just like the huts of the invaders, everything up here is made out of nothing: of footprints, of memories, of three short nails and a couple of flattened-out metal cans, out of smells, intentions, affections, potted geraniums, and a photo of grandma. In the rest of the world everything is burdened with the unreality of matter; here, we levitate. Our days recover the freedom to invent themselves, and thanks to the strange arithmetic that results from adding nothing to nothing, our days can follow one another in a significant way—I mean, they are able to keep their meaning.

One of the ladies hands me a bowl of *sancocho*, and floating in its center is a challenging chicken foot, talons and all.

"Try this, it's very tasty and loaded with vitamins. Eat

some, to recover your strength," she tells me in such a kind manner that I am ashamed to refuse, and accept the bowl.

How can I get rid of this sharp chicken claw, which has been presented to me as a delicacy but horrifies me with its human resemblance, so gnarled and funereal? I would rather die than eat it, and between these two extremes, my salvation could be to give it to one of the dogs, but that is impossible without everybody noticing. Three Sevens, watching from a distance, realizes my predicament and comes up to me, amused.

"Would my Deep Sea Eyes be grateful if I asked her for that chicken foot that has her in such a tizzy?"

Trying not to laugh, I transfer it to his plate, and as he gladly bites into it, I return to my own bowl and begin to take in the thick concoction spoonful by spoonful, though I still don't like it, and it is boiling hot, and I am sweltering and not hungry; but in spite of everything, it goes down to my stomach, where it turns into joy, so much joy that in a playful mood I stretch my hand and tousle Three Sevens's hair.

"Have the cooks perhaps not realized that what my lady requires here is a filet mignon, well done?" he pretends to shout, putting me on the spot. I give him a shove and say no, that I don't want any filet mignon, that if I took the trouble of coming here from the other end of the world, it was precisely to measure up to this soup, even though it looks ugly to me.

"Then, please come and serve her a chicken neck and a good chunk of beef backbones!"

It is now ten o'clock on this evening full of forebodings, and in the alley opposite the entrance to the shelter, Last Judgment, roaring electronically, seems to officiate like the parish priest over a cosmic, bloodless sacrifice, in front of an audience composed of the displaced and more than a hundred people from neighboring towns, who keep coming, summoned by this thundering and sacred decibel discharge that is protecting us from all evil, enveloping us in a bulletproof bubble, invulnerable and more powerful than fear. Solana, Solita, and Marisol, half-terrified and half-mesmerized, are attending their first heavy metal concert. Three Sevens is checking some cables because there seems to be some sound interference. "Against the exploiters, the Helter-Skelter day will come," the vocalist shouts, gesturing like an enraged demon. Mother Françoise comes up to me.

"We are saved," she screams in my ear to make herself audible. "These boys' racket could discourage even the bloodiest criminals."

Near midnight, enough *aguardiente* has gone around to make some people reel, gorged with alcohol. The heavy metal group from Antioquía has lent the microphone to a local group of *vallenato* musicians. Someone is setting off firecrackers, and the rest of the people are quite comfortable in a dance party that threatens to continue until dawn.

"Enough!" commands Mother Françoise, barking with authority. "The party is over! This is chaos!"

"No, Mother, it's not chaos," I try to explain after a few drinks myself. "It's not chaos, it is HISTORY, in big letters, don't you see? Only it's fragmented into many small and amazing histories, the stories of the ladies who rescue dogs in Tenjo, of these apocalyptic rock musicians, of these students with names like Lady Di, who adore Shakira's songs, have their navels exposed, and came all the way up here risking their lives. . . . It is also your history, Mother Françoise!"

"So even you are drunk, too? That's the last drop in the bucket. . . . The spree is over, ladies and gentlemen! *Mais, vraiment, c'est le comble du chaos . . .*"

SEVENTEEN

Our shelter was already filled to the brim even before the arrival one afternoon of fifty-three survivors from the massacre at Amansagatos. They had all managed to escape the overpowering guerrillas by jumping into the waters of the Opón River, including the children, the elderly, and the wounded, and had then crossed the jungle in exhausting nightly journeys beside the silent riverbed. The nuns decided to take them in, despite the overcrowded conditions, and during this emergency, Three Sevens and I have had to share, as sleeping quarters, the hundred square feet of the administration office.

In order to separate, at least symbolically, his privacy from mine, we hung in the middle a wide piece of light fabric with a faded, big-flower print. We hung it low enough to clear the blades of the ceiling fan, which makes the fabric undulate and sway as it blows, creating a stagy atmosphere in the small room. For me the last few nights have been long and uncertain, with him sleeping on his side and me wide awake on mine, knowing he's far away even though the same darkness shelters both of us and the same soft breeze brushes over our bodies.

A hundred times I have been about to move close to him, but I restrain myself: the short gap between us seems impossible to bridge. A hundred times I wanted to stretch my hand out to touch his, but such a simple movement seems imprudent and unfeasible, like trying to swim across a sea. I am overcome with the raw fear of the diver who wants to jump from a high cliff into a deep well and stops just at the edge, advancing inch by inch until his feet are next to the abyss, but right before the decisive moment, he decides to turn back, even though, in the flutter of vertigo, he has already sensed the contact with the waters that would have engulfed him. Everything pulls me over to his side. But I don't dare. The flimsy fabric that divides our common space stops me like a stone wall, and the pale, showy flowers become like red traffic signals that tell me not to go. So, while I lie in wait, I have learned to recognize the various intensities of his breathing and have become familiar with the gibberish he mutters during his sleep.

"Did my Deep Sea Eyes have a good night's rest?" he asks me at dawn when we meet in the kitchen.

"I did, but it seems you didn't, judging by the rings

under your eyes . . . ," I respond, testing the ground, and he laughs.

"How's that for a compliment," is all he says.

And that's the way our night hours go by, one by one—he getting lost in his thoughts and I trying to find him. As soon as he falls asleep, I listen attentively, waiting for his unintelligible babble, to see if I can figure out what disturbs him. Once, just after five in the morning, when I was trying to unravel and make some sense of the web that has trapped him, I heard him scream. I could not contain my compassion for him, or perhaps for myself, and almost without thinking, I threw a shawl over my shoulders and crossed to the other side of the curtain.

Lately we had not spoken much to each other, despite our tight coexistence and so many shared chores; perhaps after the first impulse our mutual trust had congealed, or we feared reopening wounds that we already knew were incurable, or we simply had no time, because the endless tasks at the shelter did not leave any space for personal matters.

While the nuns were starting off their day with hurried steps along the corridor, I took a glass of water to Three Sevens and curled up at his feet, waiting for him to talk. But deep-seated silences are hard to break. He was keeping things to himself, and I was holding mine back, so we were each locking up our own procession of concerns. I was very anxious for him to break the silence, and he, by not talking, was leaving it to me.

Since his return from the capital, Three Sevens had not mentioned Matilde Lina again. I was glad about that and grateful to him, thinking that probably this was a good sign. But words not uttered have always frightened me, as if they were lurking out of sight just waiting for an occasion to jump in my face. Deep down I resented their absence as a loss, as if the most intimate link between us, the indispensable bridge for crossing from his isolation to mine, had been threatened.

I knew well that these thoughts were arbitrary and absurd; obviously the essential change in Three Sevens during the last weeks has been his excited emotional state, the self-assurance with which he has assumed his central position and leadership, his identification with the collective enthusiasm. Or rather, a display of inner strength that placed him at the axis of the collective enthusiasm. "He's beside himself," I commented to Mother Françoise when I saw him working without respite from dawn to well past midnight.

I write "beside himself" and wonder why the Western world gives such a negative charge to this expression, implying disintegration or madness. After all, to be beside oneself is precisely what allows being with the other, getting into another, being the other. Three Sevens was beside himself, and it seemed he was seeking liberation from the obsession that had enthralled him. So it seemed, but I could not be sure; and one should not underestimate one's own fidelity to old griefs.

While he was drinking the water that I brought him, I decided to break the self-censorship that I had imposed upon myself in his presence and began telling him in detail about my coming to the shelter three years ago. I spoke about the deep bond I had with my mother, who has been eagerly waiting for my return; about the very loving memory I had of my father, dead for too long; of my university studies; of the children I never had; of my fondness for writing about all that happens to me.

"And about your loves, aren't you going to tell me anything?" he asked me, and I thought: Either I speak now or never. But he had posed the question in such an offhand way, as if the issue had no bearing on him, that my last bit of courage simply evaporated.

"A woman like you must have broken many hearts. . . ."

"In the past, maybe. At my age, the only heart that I break is my own."

The church bells were already calling for six o'clock mass, and I knew that I had missed my opportunity. From the collective dormitories came the echo of some sleepy coughing, of a radio blaring its rosary of news, and the asthmatic hum of the electric fan died down as bright sunlight entered our room and I had to rush out to do my breakfast chores.

Three Sevens came into the dining hall, and while I was busy distributing the white cheese, bread, and cups of cocoa, I desperately racked my brain for a word that could bring him close to me.

He burned his lips from drinking the boiling hot chocolate and then went up to the mirror that hangs over the dish rack. I saw him putting hair gel on his comb and paste on his toothbrush. He brushed his teeth, and as he was thanking me for breakfast and saying good-bye while I gathered the dishes, I was well aware that if it wasn't now, it would never be.

"It is not Matilde Lina that you're looking for," I risked finally, and my words started rolling among the empty tables in the dining hall. "Matilde Lina is only the name that you have given to all that you're looking for."

Tonight a heavy rainstorm is falling like a benediction on the overheated shelter, dissipating the tension due to the excess of human presence. I came to bed earlier than usual, and now I have been awake for hours, listening in the dark for the bursts of rain pelting the tin roof, the irregular roar of the electric plant, the hiss of the corner lamplight as it casts its green light on a circle of rain. It is still dark, yet the first rooster is crowing and the air outside fills with the flutter of noisy seagulls screeching like macaques. The rooster crows and crows until it forces the humidity to rise. I turn on the fan, which, with its toy-helicopter racket, dumps its artificial breeze on me.

Everything is running well, I confirm, and notice without surprise that the beneficial calm that is spreading outside has also reached my heart. It's been more than a month since the parish priest from Vistahermosa and his colorful court left, but the spell of their solidarity still wields its protection over us. Life is so bountiful, I think, and death, after all, is so gentle. For the moment, the anguish that seems to hover over the shelter has receded, dissolving modestly into the ample space of its opposite, a splendor that dazzles me on this quiet night and creates in me the desire to believe that better days are coming, despite everything. For the first time since I met Three Sevens, anxiety has released its grip on my heart. This peace resembles happiness, I think, and since I want neither the wind nor sleep to diffuse it, I feel grateful for staying awake and turn the fan off.

The nuns' morning prayers already float around the shelter, and I hear Three Sevens's footsteps as he enters his half of the room. Due to some predictably favorable parallelism, the scattered fragments of the whole are fitting into place with the amazing naturalness of a fulfilled destiny.

Through the dividing curtain I make out his silhouette, and I know that Three Sevens is sitting on his cot, and that he is delaying taking off his shirt, button by button. In the semidarkness, I imagine his head of hair and feel his breathing, like that of an animal in repose. The scent of his body reaches me vividly, and I watch him taking down the flimsy fabric with blurred images that separated us.

LA MULTITUD ERRANTE

LAURA RESTREPO

LA MULTITUD ERRANTE

Una Novela

ecco

An Imprint of HarperCollins*Publishers*

Para mi agente
Thomas Colchie
y su mujer Elaine,
amigos entrañables

A las gentes que andan huyendo del terror
(. . .) les suceden cosas extrañas; algunas
crueles y otras tan hermosas que les vuelven a encender la fe.

—JOHN STEINBECK

LA MULTITUD ERRANTE

PROLOGO

Como creo que la escritura es un oficio en buena medida colectivo y que cada voz individual debe buscar su entronque generacional, he querido que este libro sea un puente entre los míos y los de Alfredo Molano, también él colombiano, cincuentón, testigo de las mismas guerras y cronista de similares bregas. Con su autorización, he entreverado en mi texto una docena de líneas que son de su autoría y que sus lectores sabrán reconocer.

UNO

¿Cómo puedo yo decirle que nunca la va a encontrar, si ha gastado la vida buscándola?

Me ha dicho que le duele el aire, que la sangre quema sus venas y que su cama es de alfileres, porque perdió a la mujer que ama en alguna de las vueltas del camino y no hay mapa que le diga dónde hallarla. La busca por la corteza de la geografía sin concederse un minuto de tregua ni de perdón, y sin darse cuenta de que no es afuera donde está sino que la lleva adentro, metida en su fiebre, presente en los objetos que toca, asomada a los ojos de cada desconocido que se le acerca.

—El mundo me sabe a ella —me ha confesado—, mi cabeza no conoce otro rumbo, se va derecho donde ella.

Si yo pudiera hablarle sin romperle el corazón se lo repetiría bien claro, para que deje sus desvelos y errancias en pos de una sombra. Le diría: Tu Matilde Lina se fue al limbo, donde habitan los que no están ni vivos ni muertos.

Pero sería segar las raíces del árbol que lo sustenta. Además para qué, si no habría de creerme. Sucede que él también, como aquella mujer que persigue, habita en los entresueños del limbo y se acopla, como ella, a la nebulosa condición intermedia. En este albergue he conocido a muchos marcados por ese estigma: los que van desapareciendo a medida que buscan a sus desaparecidos. Pero ninguno tan entregado como él a la tiranía de la búsqueda.

—Ella anda siguiendo, como yo, la vida —dice empecinado, cuando me atrevo a insinuarle lo contrario.

He llegado a creer que esa mujer es ángel tutelar que no da tregua a su obsesión de peregrino. Va diez pasos adelante para que él alcance a verla y no pueda tocarla; siempre diez pasos infranqueables que quieren obligarlo a andar tras ella hasta el último día de la existencia.

Se arrimó a este albergue de caminantes como a todos lados: preguntando por ella. Quería saber si había pasado por aquí una mujer refundida en los tráficos de la guerra, de nombre Matilde Lina y de oficio lavandera, oriunda de Sasaima y radicada en un caserío aniquilado por la violencia, sobre el linde del Tolima y del Huila. Le dije que no, que no sabíamos nada de ella, y a cambio le ofrecí hospedaje: cama, techo, comida caliente y la protección inmaterial de nuestros muros de aire. Pero él insistía en su tema con esa voluntaria ceguera de los que esperan más allá de toda esperanza, y me pidió que revisara nombre por nombre en los libros de registro.

—Hágalo usted mismo —le dije, porque conozco bien esa comezón que no calma, y lo senté frente a la lista de quienes día tras día hacen un alto en este albergue, en medio del camino de su desplazamiento.

Le insistí en que se quedara con nosotros al menos un par de noches, mientras desmontaba esa montaña de fatiga que se le veía acumulada sobre los hombros. Eso fue lo que le dije, pero hubiera querido decirle: Quédese, al menos mientras yo me hago a la idea de no volver a verlo. Y es que ya desde entonces me empezó a invadir un cierto deseo, inexplicable, de tenerlo cerca.

Agradeció la hospitalidad y aceptó pernoctar, aunque sólo por una noche, y fue entonces cuando le pregunté el nombre.

—Me llamo Siete por Tres —me respondió.

—Debe ser un apodo. ¿Podría decirme su nombre? Un nombre cualquiera, no se haga problema; necesito un nombre, verdadero o falso, para anotarlo en el registro.

—Siete por Tres es mi nombre, con perdón; de ningún otro tengo noticia.

—Pedro, Juan, cualquier cosa; dígame por favor un

nombre —le insistí alegando motivos burocráticos, pero los que en realidad me apremiaban tenían que ver con la oscura convicción de que todo lo estremecedor que la vida depara suele llegar así, de repente, y *sin nombre*. Saber cómo se llamaba este desconocido que tenía al frente era la única manera, al menos así lo sentí entonces, de contrarrestar el influjo que empezó a ejercer sobre mí desde ese instante. ¿Debido a qué? No podría precisarlo, porque no se diferenciaba gran cosa de tantos otros que vienen a parar a estos confines de exilio, envueltos en un aura enferma, arrastrando un cansancio de siglos y tratando de mirar hacia delante con ojos atados a lo que han dejado atrás. Hubo algo en él, sin embargo, que me comprometió profundamente; tal vez esa tenacidad de sobreviviente que percibí en su mirada, o su voz serena, o su oscura mata de pelo; o quizás sus ademanes de animal grande: lentos y curiosamente solemnes. Y más que otra cosa creo que pesó sobre mí una predestinación. La predestinación que se esconde en el propósito último e inconfeso de mi viaje hasta estas tierras. ¿Acaso no he venido a buscar todo aquello que este hombre encarna? Eso no lo supe desde un principio, porque aún era inefable para mí ese todo aquello que andaba buscando, pero lo sé casi con certeza ahora y puedo incluso arriesgar una definición: todo aquello es todo lo otro; lo distinto a mí y a mi mundo; lo que se fortalece justo allí donde siento que lo mío es endeble; lo que se transforma en pánico y en voces de alerta allí donde lo mío se consolida en certezas; lo que envía señales de vida donde lo mío se deshace en descreimiento; lo que parece verdadero en contraposición a lo nacido del discurso o, por el contrario, lo que se vuelve fantasmagórico a punta de carecer de discurso: el envés del tapiz, donde los nudos de la realidad quedan al descubierto. Todo aquello, en fin, de lo que no podría dar fe mi corazón si me hubiera quedado a vivir de mi lado.

No creo en lo que llaman amor a primera vista, a menos que se entienda como esa inconfundible intuición que te indica de antemano que se avecina un vínculo; esa súbita descarga que te obliga a encogerte de hombros y a entrecerrar los ojos, protegiéndote de algo inmenso que se te viene encima y que por alguna misteriosa razón está más ligado a tu futuro que a tu presente. Recuerdo con claridad que en el momento en que vi entrar a Siete por Tres, aun antes de saber su ningún nombre, me hice con respecto a él la pregunta que a partir de entonces habría de hacerme tantas veces: ¿Vino para salvarme, o para perderme? Algo me decía que no debía esperar términos medios. ¿Siete por Tres? ¿7x3? Dudé al escribir.

—Cómo firma usted, ¿con números o con letras?

—Poco firmo, señorita, porque no confío en papeles.

—Sea, pues: Siete por Tres —le dije y me dije a mí

misma, aceptando lo inevitable—. Ahora venga conmigo, señor don Siete por Tres; no le hará mal un poderoso plato de sopa.

No le permitía comer esa ansiedad que lo abrasaba por dentro y que era más grande que él mismo, pero eso no me extrañó; todos los que suben hasta acá vienen volando en alas de esa misma vehemencia. Me extrañó, sí, no lograr mirarle el alma. Pese a que en este oficio se aprende a calar hondo en las intenciones de la gente, había algo en él que no encajaba en ningún molde. No sé si era su indumentaria de visitante irremediablemente extranjero, o su intento de disfrazarse sin lograrlo, o si mis sospechas recaían sobre ese bulto encostalado que traía consigo y que no descuidaba ni un instante, como si contuviera una carga preciosa o peligrosa.

Además me inquietaba esa manera suya de mirar demasiado hacia adentro y tan poco hacia afuera; no sé bien qué era, pero algo en él me impedía adivinar la naturaleza de la cual estaba hecho. Y aquí puedo volver a decirlo, para cerrar el círculo; lo que me intimidaba de esa naturaleza suya era que parecía hecha de otra cosa.

Aceptó la hospitalidad por una sola noche pero se fue quedando, en contravía de su propia decisión, despidiéndose al alba porque partía para siempre y anocheciendo todavía aquí, retenido por no sé qué cadena de responsabilidades y remordimientos. Desde que me preguntó por su

Matilde Lina, no bien hubo traspasado por primera vez la puerta, no paró ya de hablarme de ella, como si dejar de nombrarla significara acabar de perderla o como si evocarla frente a mí fuera su mejor manera de recuperarla.

—¿Dónde y cuándo la viste por última vez? —le preguntaba yo, según debo preguntarles a todos, como si esa fórmula humanitaria fuera un abracadabra, un conjuro eficaz para volver a traer lo ausente. Su respuesta, evasiva e imprecisa, me hacía comprender que habían pasado demasiados años y demasiadas cosas desde aquella pérdida.

A veces, al atardecer, cuando se aquietan los trajines del albergue y los refugiados parecen hundirse cada cual en sus propias honduras, Siete por Tres y yo sacamos al callejón un par de mecedoras de mimbre y nos sentamos a estar, enhebrando silencios con jirones de conversación, y así, cobijados por la tibieza del crepúsculo y por el dulce titileo de los primeros luceros, él me abre su corazón y me habla de amor. Pero no de amor por mí: me habla meticulosamente, con deleite demorado, de lo que ha sido su gran amor por ella. Haciendo un enorme esfuerzo yo lo consuelo, le pregunto, infinitamente lo escucho, a veces dejándome llevar por la sensación de que ante sus ojos, poco a poco, me voy transformando en ella, o de que ella va recuperando presencia a través de mí. Pero otras veces lo que me bulle por dentro es una desazón que logro disimular a duras penas.

—Basta ya, Siete por Tres —le pido entonces, tratando

de tomármelo en broma—, que lo único que me falta por saber de tu tal Matilde Lina es si prefería comerse el pan con mantequilla o con mermelada.

—No es culpa mía —se justifica—. Siempre que empiezo a hablar, termino hablando de ella.

En el cielo la negrura va engullendo los últimos rezagos de luz y muy abajo, al fondo, las chimeneas de la refinería con su penacho de fuego se ven mínimas e inofensivas, como fósforos. Mientras tanto, nosotros dos seguimos dándole vueltas a la rueda de nuestra conversación. Yo todo se lo pregunto y me va respondiendo dócil y entregado, pero él a mí no me pregunta nada. Mis palabras escarban en él y se apropian de su interior, amarrándolo con el hilo envolvente de mi inquisición, y mientras tanto mi persona intenta ponerse a salvo, escapándose por ese lento río de cosas mías que él no pregunta y que jamás llegará a saber.

Siete por Tres se saca del bolsillo del pantalón un paquete de Pielroja, enciende un cigarrillo y se pone a fumar, dejándose llevar por el hilito de humo hacia esa zona sin pensamientos donde cada tanto se refugia. Mientras lo observo, una voz pequeña y sin dientes me grita por dentro: Aquí hay dolor, aquí me espera el dolor, de aquí debo huir. Yo escucho aquella voz y le creo, reconociendo el peso de su advertencia. Y sin embargo en vez de huir me voy quedando, cada vez más cerca, cada vez más quieta.

Tal vez mi zozobra sea sólo un reflejo de la suya, y tal vez el vacío que él siembra en mí sea hijo de esa ausencia madre que él almacena por dentro. Al principio, durante los primeros días de su estadía, creí posible aliviarlo del agobio, según he aprendido a hacer en este oficio mío, que en esencia no es otro que el de enfermera de sombras. Por experiencia intuía que si quería ayudarlo, tendría que escudriñar en su pasado hasta averiguar cómo y por dónde se le había colado ese recuerdo del que su agonía manaba.

Con el tiempo acabé reconociendo dos verdades, evidentes para cualquiera menos para mí, que si no las veía era porque me negaba a verlas. La primera, que era yo, más que el propio Siete por Tres, quien resentía hasta la angustia ese pasado suyo, recurrente y siempre ahí. «Le duele el aire, la sangre quema sus venas y su cama es de alfileres», son las palabras que escribí al comienzo, poniéndolas en boca suya, y que ahora debo modificar si quiero ser honesta: Me duele el aire. La sangre quema mis venas. ¿Y mi cama? Mi cama sin él es camisa de ortiga; nicho de alfileres.

De acuerdo con la segunda verdad, todo esfuerzo será inútil: mientras más profundo llego, más me convenzo de que son uno el hombre y su recuerdo.

DOS

La historia de su recuerdo, valga decir la trayectoria de su obsesión, empieza el mismo día de su nacimiento, primero de enero de 1950. Aunque no exactamente nació, sino que apareció en la población rural de Santamaría Bailarina, ya borrada de la historia y que tuvo su lugar y su momento hace años y lejos de aquí, en la vereda El Limonar, municipio Río Perdido, sobre la frontera del Huila y el Tolima. Según he podido reconstruir, recuperando aquí y allá piezas sueltas de su volátil biografía, la aparición de Siete por Tres se produjo a la salida de misa de gallo, en los escalones del atrio de una iglesia todavía en obra que inauguraban prematuramente para celebrar la llegada del cincuenta, que se anunciaba con viento agorero.

—Viene brava la vaina —se oía comentar entonces—. Por la cordillera viene bajando una chusma violenta clamando degüello general.

Eran los ecos de la Guerra Chica, que cundía desde el asesinato de Jorge Eliécer Gaitán y que amenazaba con cerrar el cerco sobre la pacífica Santamaría. Los vecinos se disponían a quemar pólvora en honor del año nuevo para suplicarle que pasara manso por el pueblo, y fue entonces cuando lo vieron.

Un bulto quieto, pequeño, envuelto como un tamal entre una cobija de dulceabrigo a cuadros. No lloraba, sólo estaba. Recién nacido y desnudo bajo la noche inmensa, ya desde entonces con esa manera suya de estar, alumbrada y solitaria.

—Miren, le sobra un dedo en el pie —se asombraron al entreabrir la cobija, tal como habría de asombrarme yo, tantos años después, la primera vez que lo vi descalzo.

Tal vez por eso algunos recelaron desde el principio, por el sexto dedo de su pie derecho, que aparecía así, de repente y caído de la nada, como señal peligrosa de que se andaba resquebrajando el orden natural de las cosas. A otros, más desprevenidos, los hizo reír esa arvejita de más, graciosa y rosada, perfectamente redonda, apretada en la fila contra las otras cinco en la empanada minúscula del pie.

—¡El Año Viejo se fue dejando un niño de veintiún dedos en el atrio de la iglesia! —corría la voz por el pueblo y Matilde Lina, por novelera y curiosa, se abrió paso a codazos por entre el círculo de humanidad que se apretaba en torno al fenómeno. Cuando tuvo ante sus ojos ese dedo sobrante que era objeto de asombro, no pensó ni por un momento que se tratara de un defecto; por el contrario, lo entendió como ganancia para ese ser venido al mundo con un pequeño don adicional. Sabía bien que toda rareza es prodigio y que todo prodigio trae su significado.

Ya desde entonces la gran presencia en la vida del niño fue ella, Matilde Lina, lavandera de río; pobre como ave del campo, quien en ese esclarecido momento, equivalente si se quiere al de un segundo parto, lo tomó en sus brazos para revisar de cerca sus ojos, sus manos, sus partes de varón.

—Qué dolor para esos padres, desprenderse de su hijo. Sabe Dios de qué huirían, de qué lo quisieron salvar —dijo Matilde Lina en voz alta, después de abrigarlo con una mirada larga en la que ya se notaba un propósito de arraigo, y en este punto habrá quien se pregunte cómo vine yo a saber cuáles fueron sus palabras exactas y el tono que utilizó para pronunciarlas, a lo cual sólo puedo responder que simplemente lo sé; que sin conocerla he llegado a saber tanto de ella que me otorgo el derecho de ser su vocera, sin que sobre añadir que, por otra parte, aquellas fueron palabras que no llegó a escuchar nadie porque ya tronaban los primeros voladores y el cielo estallaba en estrellas, las velas romanas disparaban chorros de bolas candentes y las rodachinas giraban en el alambre, espléndidas como soles.

El gentío se perdía entre el humero y el estrépito de pólvora y Matilde Lina quedó sola frente a las puertas ya cerradas de la iglesia. Miraba absorta los fuegos artificiales con los ojos encendidos de reflejos y apretaba contra sí al niño de la cobija, como si ya nunca lo fuera a soltar. Lo amparó de ahí en más por puro instinto, sin decidirlo ni proponérselo, y sólo a él en este mundo le permitió entrar al espacio sin ventanas ni palabras donde escondía sus afectos.

Criatura irreal y anfibia, Matilde Lina. «Siempre a la orilla del río, entre espumaredas y ropa blanca»: así la recuerda Siete por Tres y cuenta que creciendo a la sombra de esa mujer de agua dulce supo que la vida podía ser de leche y miel. «Cuando comenzaba a hacerse oscuro y los pájaros a coger nido—evoca desde las crestas de su añoranza—, ella me llamaba y yo se lo agradecía. Era como ponerle fin al día. Su voz se quedaba pegada al aire hasta que yo regresaba a ovillarme a su lado . . .»

Siete por Tres nunca ha querido deshacerse de la cobija de dulceabrigo a cuadros, deshilachada y sin color, ya vuelta trapo, y más de una vez lo he visto estrujarla, como queriendo arrancarle una brizna de memoria que le alivie el desconsuelo de no saber quién es. El trapo nada le dice pero suelta un olor familiar donde él cree reencontrar la tibieza de un pecho, el color del primer cielo, el ramalazo del primer dolor. Nada, en realidad, salvo espejismos de la nostalgia. Lo demás son historias que Matilde Lina le inventaba para enseñarle a perdonar.

—No te hagas mala sangre, niño —le decía cuando lo

descubría asomado a la amargura—, que no te abandonaron tus padres por malos, sino por tristes.

—No los puedo perdonar —rezongaba él.

—Los que no perdonan atraviesan un río de aguas malsanas y se quedan a vivir en la orilla de allá.

TRES

La pólvora que hicieron tronar aquella noche de nada valió, peor aún, parece haber surtido el efecto inverso. Como invitada por el chisporroteo, la violencia penetró ese año arrasadora y grosera, y Santamaría, que era liberal, fue convertida en pandemónium por la gran rabia conservadora. Fue así como a los pocos meses de vida, Siete por Tres debió ver por vez primera —¿por segunda?, ¿por tercera?— el espectáculo nocturno de las casas en llamas; los animales sin dueño bramando en la distancia; la oscuridad que palpita como una asechanza; los cadáveres blandos e inflados que trae la corriente y que se aferran a los matorrales de la orilla, negándose a partir; el río temeroso de sus propias aguas que se aleja deprisa, queriendo desprenderse del cauce.

—Lloré hasta que Dios se cansó de oír mis gritos —me

cuenta, al evocar esos días de juicio final, la señora Perpetua, inquilina de este albergue, quien por acasos de la fortuna también es oriunda de Santamaría Bailarina y debió presenciar su destrucción—. Enterré a mi marido y a tres de mis hijos y salí corriendo con los que me habían quedado. Descarnada y ya vacía de lágrimas, me miraba a mí misma y me decía, Perpetua, de ti no queda sino el pellejo.

Los sobrevivientes del exterminio invirtieron la última reserva de coraje en el rescate de su santa patrona, la que le diera nombre al pueblo, una virgen colonial tallada con tino y con ritmo en madera morena, que había derrotado los siglos y las plagas para conservar intacta la frescura de rosicleres en las mejillas y los visos dorados en los pliegues del manto, y que ostentaba el quiebre de cadera y las suaves ondulaciones de brazos que son rasgos propios de esas imágenes de santas que la costumbre ha dado en llamar *bailarinas*.

—Madre no hay sino una, pero yo tuve la suerte de contar con dos —se ríe Siete por Tres—. Ambas buenas y protectoras; la celestial tallada en madera de cedro, ¿y la terrenal? De la terrenal yo diría que está hecha de mazapán y azúcar.

Con la Madre Celestial encaramada en andas, resplandeciente y risueña, huyeron a las montañas a esperar a que pasara la matazón. Nada podría sucederles mientras estuvieran bajo el amparo de ella, la Llena de Gracia, la Inmaculada, con su corona de reina fundida en plata fina, su cuarto de luna creciente enredado en las enaguas y más abajo, ya en el pedestal, aquella serpiente de rostro satánico que se rendía sin remedio a sus pies, mientras que ella la pisaba como sin darse cuenta, como si la maldad del mundo no fuera cosa.

Pero la violencia, librada a su antojo, en vez de pasar arreciaba y las noticias que llegaban de abajo eran soplos de desaliento.

—Los conservadores pintaron de azul todas las puertas del pueblo; pintaron de azul hasta las vacas y los burros, y dicen que al que se atreva a andar de colorado le van a tajar la garganta.

—Se prendió el candeleo desde El Totumo hasta Río Cascabel.

—Dicen los azules que sólo paran cuando hayan derramado toda la sangre liberal. Dicen que así piensan ganar las elecciones próximas.

Viendo el caso irremediable, los rojos de Santamaría le dijeron adiós a su tierra, mirándola de lejos por última vez. Improvisaron caravana y avanzaron hacia oriente, desharrapados, fugitivos y enguerrillados, con la muerte pisándoles los talones y la incertidumbre esperándolos adelante, y siempre presente el acoso del hambre. Al centro, junto con la santa de madera, iban Perpetua, sus hijos, Matilde Lina,

Siete por Tres, los ancianos, las demás mujeres, los otros niños. Los hombres, armados con ocho fusiles y doce escopetas, formaban en torno un cerco protector.

—Los niños no sufríamos —me confiesa Siete por Tres—. Íbamos creciendo en los vientos de la marcha y no teníamos antojo de permanencias.

La lenta romería se prolongó año tras año, hasta que se hizo larga como la vida misma. Aquí y allá se les fueron incorporando otras montoneras liberales que también vagaban al garete; nuevos desplazados por desahucios y matanzas; más sobrevivientes de pueblos y campos arrasados; comandantes-agricultores acostumbrados a sembrar y a guerrear; diversas gentes correteadas a la fuerza y demás seres que sólo en la errancia encontraban razón y sustento.

—Éramos víctimas, pero también éramos verdugos —reconoce Siete por Tres—. Huíamos de la violencia, sí, pero a nuestro paso la esparcíamos también. Asaltábamos haciendas; asolábamos sementeras y establos; robábamos para comer; metíamos miedo con nuestro estrépito; nos mostrábamos inclementes cada vez que nos cruzábamos con el otro bando. La guerra a todos envuelve, es un aire sucio que se cuela en toda nariz, y aunque no lo quiera, el que huye de ella se convierte a su vez en difusor.

Los que no podían seguir, se iban quedando a la vera del camino bajo una cruz de palo y un montón de piedras.

El número de los menores se conservaba siempre el mismo, según restaban los que morían y volvían a sumar los que iban naciendo. Los demás protagonizaban la historia móvil y escurridiza de los que emprenden la huida: horas quietas al acecho, abatimiento por los caminos del Señor, café sin dulce y carne sin sal, pleitos y llantos, conciliaciones y consolaciones, delirios de paludismo y diarrea, juegos de cartas, páramos helados que humedecen la ropa y hacen tiritar la piel, rastrojeras, bosques de niebla, cañaduzales, sembradíos de piña ardiendo bajo el sol. El olor del enemigo impregnándolo todo, hasta la tela de la camisa y las hojas de los árboles, y un constante trasegar de ilusiones y un obsesivo espejeo de tierra propia, que fueron y siguen siendo el motor de su marcha.

—¿Buscando qué, días y noches persiguiendo qué? —se pregunta ahora, ante mí, Siete por Tres—. Nadie sabía bien, y yo, que era niño, menos. Recuerdo la esperanza que abrigábamos entonces porque es la misma que abrigamos todavía: «Cuando la guerra amaine . . .»

Cuando la guerra amaine . . . ¿Cuándo será ese cuándo? Ya pasó medio siglo desde aquel entonces y todavía nada; la guerra, que no cesa, cambia de cara no más. A René Girard, quien fuera mi profesor en la universidad, le escribo diciéndole que esta violencia envolvente y recurrente es insoportable por irracional, y él me contesta que la violencia no es nunca irracional, que nadie como ella para llenarse de razones cuando quiere desencadenarse.

Andaban montados en tragedia mayor pero nunca quisieron entenderlo así, ni Matilde Lina, la lavandera de Sasaima, ni el niño de los veintiún dedos. Mientras los demás padecían hambre, ellos vivían olvidados de comer; la tristeza y el miedo no encontraban en su alma paja para tejer rancho; la desolada noche fría les parecía noche y nada más; la vida despiadada era sólo la vida, porque no ambicionaban una distinta ni mejor. Los otros lo habían perdido todo y ellos nada, porque no se pierde lo que nunca se tuvo ni se quiere tener.

—Como no traía nombre preciso, habíamos caído en la usanza de llamar *Veintiuno* al chico del pie extravagante, según el número peculiar de sus demasiados dedos, hasta el día en que Charro Lindo nos prohibió en tono terminante y bajo amenaza de castigo que lo apodáramos así, por no ser caritativo, según dijo, apellidar a la gente por sus defectos —me cuenta Perpetua, aclarándome que Charro Lindo era un joven bandolero liberal de apariencia gallarda, que había heredado de un tío el cargo de jefe de la procesión de desterrados.

Pese a la orden perentoria, algún desprevenido volvió a decir *Veintiuno* en presencia del jefazo, y éste lo tiró al suelo de un sopapo. Entonces, en vez del *Veintiuno* surgió el *Siete por Tres* como eufemismo y desacato encubierto a la autoridad, y ese sambenito se le pegó al niño para no abandonarlo más.

—Recuerdo a Veintiuno como si lo estuviera viendo —me asegura doña Perpetua—. Nacido de la nada y de la rareza de ese pie de dedos pares, de niño se inclinaba hacia lo huraño y hacia la gran timidez. Pero por Dios que aquel dedito sobrante no le impedía correr: como una gacela volaba descalzo por los andurriales.

En algún punto de la travesía, Matilde Lina, apertrechada en su niño, desistió de ocuparse de los demás humanos, ella que nunca fue experta en tratarlos, y se desentendió del todo de sus razones, de sus palabras y de sus actos. Simplemente los seguía sin preguntar ni pedir, llevando al niño consigo, los dos livianos y soñadores, casi imperceptibles para los demás, poderosos e intocables en su extrema indefensión.

Siete por Tres aprendió a caminar detrás, calando su pie pequeño en la huella que ella iba dejando, y así avanzaba confiado, a ratos despierto y a ratos dormido, sin rezagarse ni perder el ritmo, como si conociera aquel rastro desde antes de nacer. Para espantar el silencio que cae cuando se anda huyendo, Matilde Lina le enseñó el arte de hablar, pero sólo de animales. En los desvelos del monte se acurrucaban para adivinar el currucutú del búho saraviado, o las rondas de amor de la tigre en celo, o los ojos rojos y el aliento pútrido de los perros del diablo: el diálogo entre ellos era cháchara irrelevante, permanente y zurumbática sobre las costumbres del animalero.

—¿Oyes? —le preguntaba ella bajo la tempestad—. No es trueno, sino estampida de bestias mostrencas.

Otras veces le indicaba: «Mira, es huella de gato cerrero», o de guagua, de tatabro, de chigüiro, porque cualquier traza sabía distinguir sin riesgo de confusión.

Acaracolada en la memoria traía ella a Sasaima, la tierra donde vivió de niña, y hablaba con cariño de sus muchos animales. De las golondrinas que atraviesan el chorro de luz que cae desde lo alto en las cuevas de Gualivá; de los sapos negros y lisos que se hacen invisibles cuando se paran sobre las piedras negras y lisas del Río Dulce; del chumbilá, que es un ratón alado pero entregado al vicio, porque cuando los campesinos lo atrapan le enseñan a fumar y él aprende gustoso.

—Sólo de eso hablaban, de bichos y más bichos —me cuenta doña Perpetua—. A esos dos no les interesaba nadie más.

Eso lo comprendo yo demasiado bien: que nadie más les suscita pasión y ni siquiera interés, porque cada uno de ellos es el continente donde el otro mora como único habitante. Mírame, Siete por Tres; tócame, huéleme, escucha el runrún que me atormenta sin lograr convertirse en palabra pronunciada . . . ¿Te percatas de que a diferencia de ella yo estoy ahora y aquí, que soy presencia que el ojo registra y el tacto constata? ¿Tendrás por fin el valor de reconocer que en este mundo de acá es preferible alcanzar que perseguir; que una mujer de carne y hueso es mejor que una recordada o imaginada, cien veces mejor, aunque no sea lavandera, ni haya nacido en Sasaima ni sepa un cuerno de animales del trópico?

—El Albeiro se llevó los alicates —le oigo decir a Siete por Tres mientras trabaja en la construcción de un nuevo tambo—. ¡Albeiro! ¿Dónde están los alicates? —grita con desparpajo y yo quisiera advertirle que no trate de engañarse. ¿Qué puede saber él de los Albeiros o de los alicates? ¿Qué sabe acaso del presente y de sus circunstancias?

CUATRO

*L*a señora Perpetua, ya muy anciana, es la única persona que sabe lo que yo quiero saber. Se hallaba presente en el atrio de aquella iglesia, siendo mujer casada y con hijos, la noche en que encontraron al niño del pie quimérico. Luego atravesaron juntos los mares rojos del éxodo hasta que la calamidad separó sus vidas, y después de un bache de años espaciados vino a topárselo adulto, por venturas de la errancia, aquí, en este albergue de caminantes. La señora Perpetua se debate en lucha eterna y perdida de antemano contra un aparato de tortura hecho de alambres y pasta rosa que llama con orgullo *mi prótesis dental*, y mientras lo tasca sin lograr acomodarlo, me va contando.

—Vi a Matilde Lina enseñarle a ese niño a amaestrar a un chumbilá. Hacía círculos en el aire con una vara fina de bambú hasta que el animal venía volando, obediente, a pararse en la vara —dice con mímica, y a mí me hacen gracia sus intentos de repetir con el brazo los círculos flexibles y con la boca el hocico del murciélago—. Se iban por los charcos para encontrar a la rana de los cien ojos, que no son suyos sino de los muchos hijos que carga entre los pliegues de la piel. Ellos, los dos, se alimentaban con yuyos y aguadijas, de esas esponjosas que saben hincharse de agua —me informa Perpetua bajando la voz, para que nadie más escuche—. Eso murmuraban por ahí, que Matilde Lina y el niño se alimentaban de pura verdolaga y chamizo de monte. Mientras los demás trajinábamos en oficios y desmayos, las horas de ellos pasaban serenas, perdidos como estaban en pláticas y contemplaciones. Los cuidaba el alma del bosque, o al menos así decíamos para podernos desentender, que ya cada cual tenía bastante, y aun demasiado con cuidar de sí mismo.

También por un animal se apartó Siete por Tres de Matilde Lina, después de trece años de encontrar en su regazo el tibio centro del mundo. En uno de esos períodos de escasez de avío en que la gente devora hasta la suela de los zapatos, a ellos dos les había dado por recoger, en los escombros de una hacienda abandonada, a una gata con su cría. Animales afilados, tullidos y dientudos, diabólicos a punta de hambre, que ellos socorrían a escondidas del resto de la caravana, por temor a que se los comiera el personal famélico, que no le hacía el asco a nada que tuviera pelo, pluma o escama.

—¿Se van a morir? —preguntaba Siete por Tres, también él, como los gatos, convertido en pequeño manojo de ansiedad y huesos.

Un martes en que la niebla y la hambruna hacían la vida borrosa, avanzaba malhumorada la caravana por los barrizales de un paraje llamado Las Águilas cuando fueron alcanzados por los de retaguardia, que venían a avisar que en maniobra envolvente los tenía cercados el sargento Moravia, con un pelotón fieramente armado del Ejército Nacional.

—Charro Lindo, el jefe nuestro, era reconocido por hermoso y por coqueto, y por un frasquito que llevaba siempre colgado al pescuezo, en el que guardaba las cenizas de la que había sido su casa paterna —me relata Perpetua—. Pero, además, se había hecho famoso por el olor nauseabundo de sus pobres pies, gusarapientos de tanto andar embutidos entre las botas de caucho. Se había vuelto proverbial su problema de pecueca, único defecto que como enamorado le encontraban las muchachas que en las noches compartían con él la cobija.

A Charro Lindo le habían asegurado que lo único que le curaría la pestilencia era meter los pies entre permanganato de potasio disuelto en agua tibia, y él, acosado por esa afección que menoscababa su orgullo y que lo convertía en blanco de un burleteo general y solapado, puso tanta fe en la fórmula que se aventuró a contrariar el sentido común y a desoír las reglas de supervivencia cuando se recorre territorio hostil. Buscó la manera de bajar del monte para acercarse a lugar civilizado donde pudiera comprar el remedio, y quiso la fatalidad que ese lugar fuera un rancherío llamado Bienaventuranzas, que al fin de cuentas no se cumplieron sino todo lo contrario, porque Charro Lindo, sin saberlo, cometió el error de arrastrar a los trescientos y pico que quedaban hacia los predios pantanosos del sargento Moravia, de fama imperecedera por carnicero y conservador, quien había sometido por la fuerza a toda la población de aquellas extensas proximidades.

Cuando entendió que los había empujado a una ratonera, Charro Lindo no supo hacer otra cosa que montar en ancas de su mula negra a la noviecita que más le gustaba e impartir la orden de sálvese quien pueda. Nos vemos, si no en esta vida en la otra, gritó el bandolero apuesto, y así sin más, con su frasquito de tierra pasmada al cuello y agitando el gran sombrero mexicano, desató la desbandada general.

CINCO

*E*squivando las garras del sargento Moravia, unas familias huyeron por escarpaduras donde apenas se podía apoyar el pie; otras lo intentaron dejándose venir por la montaña hacia abajo, forcejeando contra el reclamo del abismo. Perpetua, que con sus hijos buscó escondrijo en la espesura, no supo cuánto tiempo permaneció agazapada y haciéndose la delgadita, agarrotados los miembros y el oído embotado por los latidos del corazón, sintiendo o creyendo sentir el paso del enemigo por encima de su nuca y soltando muy despacio el aire para no delatarse con el sonido de su propio aliento. Mucho terror debió correrle por el cuerpo antes de que se atreviera a averiguar por los demás. Entre el barro amasado con sangre encontró unos vivos, otros muertos y otros idos: refundidos para siempre por el ancho mundo.

Décadas después habría de contarnos Siete por Tres,

con la parquedad desganada con que se refería a sí mismo, que ese día se había rezagado con Matilde Lina para darle leche con el dedo a los gatos aquellos que habían intentado salvar; que siguieron en lo suyo sin escuchar la conmoción y que del peligro no supieron nada hasta que tuvieron encima los insultos y los culatazos de la emboscada. Se entregaron a la muerte sin oponer resistencia, pero la muerte, que le saca el quite a quien se le ofrenda, no quiso pasarles la cuenta de cobro de un solo envión.

—La Muerte tiene una hermana, más taimada y perseverante, que se llama Agonía. La dama Agonía me sostiene en sus brazos desde aquella vez —me dice Siete por Tres, y yo siento el súbito impulso de acariciarle ese pelo de indio arhuaco que tiene, tan robusto y retinto y tan al alcance de mi mano en este plácido momento en que cae la tarde, mientras Siete por Tres y yo, doblados sobre un surco, sembramos legumbres el uno al lado del otro. El sol, que nos fustigó sin clemencia durante todo el día, se ha entregado por fin a la mansedumbre; los enjambres de zancudos vibran en la última luz, desentendidos de nosotros; la tierra fértil que removemos suelta un olor que apoya y reconforta, y mi mano, decidida, va adivinando la textura de ese pelo lacio y pesante que está a punto de tocar. La yema de mis dedos se alegra en lo ya-casi del roce. Hacia allá se estira, confiado, mi brazo, pero yo lo contraigo enseguida: algo me grita que no debo seguir. El pelo negro se aleja, reverberando y quemando, en centelleo de señales contradictorias.

Releo lo que acabo de escribir y me pregunto por qué me subyuga su pelo, su pelo, siempre su pelo. O mejor dicho *el* pelo, todo pelo: el lujo y el lustre y la conmovedora tibieza de los seres dotados de pelo, como si mis dedos hubieran sido creados para desaparecer entre la suave densidad de un pelo oscuro; como si un irracional instinto de mamífero huérfano guiara mis afectos.

—A Matilde Lina la maltrataron, la arrancaron del niño y la llevaron arrastrada hasta algún lugar del cual no se tuvo noticia —me dice la señora Perpetua, haciendo silbar las eses contra esa prótesis dental que tanto la martiriza y la enorgullece.

A partir de entonces el rastro de Matilde Lina se borra del mundo de los hechos y se entroniza en las marismas de la expectativa. De nada le valieron las patadas de potranca que sabía repartir, ni los tarascazos que pintaron la marca de sus dientes en tanta piel ajena. ¿La doblegaron trincándola del cabello, la tildaron de perdida y de demente, la obligaron a hincarse entre el barro, la quebraron en dos, le partieron el alma? ¿Retumbaron sus alaridos por las hondonadas del monte? ¿O lo que erizó las pieles fue el currucutú del búho saraviado, o el graznido de algún otro pajarraco, de todas las aves que conocían su nombre y que empezaron a gritarlo en letanía atolondrada?

Siete por Tres no lo sabe. No lo sabe o no quiere saberlo. Y si sabe nada cuenta, guardándose para sí todo el silencio y todo el espanto. Me habla de ella como si se le hubiera refundido ayer: el paso del tiempo no mitiga el ardor de sus recuerdos.

Después de la emboscada de Las Águilas, Matilde Lina no volvió a aparecer ni en vida ni en muerte, y no hubo quien diera razón chica o grande de esa mujer refundida en el tráfago de la guerra, como tantas y tantas. A Siete por Tres lo dejaron vivo pero condenado a morir, librado a la improbabilidad de su destino de niño solitario por segunda vez, por segunda vez huérfano y tirado al abandono. Un hijo del monte, volando al capricho de los cuatro vientos, en medio de un país que se niega a dar cuenta de nada ni de nadie.

Desde aquí puedo verlo: lelo, como debió quedar después de la desgracia. Sumido en un trance, sentado al borde del camino mientras se va haciendo noche, muy despacio. Nada se mueve a su alrededor y el tiempo no lo apremia: no tiene adónde ir. Mientras espera va envejeciendo sin darse cuenta: sólo sabe que la mujer que ha desaparecido de su lado tiene que reaparecer, algún día. Cuando ella regrese el niño despertará, ya adulto, y echarán a andar hombro con hombro. Por el camino y sin hacer ruido, van pasando los días, los meses y los años en un aletargado transcurrir, pero la mujer que debe regresar no halla cómo hacerlo.

—Tanta vida y jamás . . . —suele suspirar de vez en

cuando Siete por Tres, y repite un par de veces esa frase que ya he escuchado antes, en boca de otro y en otro lugar, sin entenderla del todo en aquel entonces y tampoco ahora.

—Tanta vida, tanta vida . . .

—¿Y jamás? —completo yo, por seguirle la corriente.

SEIS

Me pregunto cómo habrá resistido semejante golpe el adolescente de doce o trece años que debía ser por aquel entonces Siete por Tres. En qué silencios habrá caído, qué tan hondo habrá descendido en las aguas de su propio ser, qué desconciertos tuvo que atravesar hasta el día en que haciendo acopio de todas sus fuerzas volvió a salir a flote, transformado en este hombre a quien amo sin esperanzas de retribución.

—Su peor tormento ha sido siempre la culpa —me dice Perpetua, y respalda su argumento con la autoridad que le confiere el conocerlo desde antes de la tragedia.

—¿La culpa?

—Culpa de no haber impedido que se la llevaran. De no buscarla con suficiente empeño. De seguir vivo, de respirar, de comer, de caminar: cree que todo es traicionarla.

Como le pasan los años sin dar con ella, se ha ido enre-
dando en una telaraña de recriminaciones que lo persiguen
despierto y lo revuelcan en sueños.

Cómo puede ser, si en el albergue tanto pregona Siete
por Tres la buena maña de perdonar. «Las faltas del pasado
se dejan en la puerta. El que aquí se refugie debe saber que
de ahora en adelante sólo tiene cuentas pendientes con su
conciencia y con Dios.» Así les advierte a todos, hasta a los
que vienen acompañados de escandalosa reputación, sea de
ladrón, de puta, de guerrero o de asesino. A quien murmura
suciedades sobre el pasado ajeno se lo dice de frente: «Mejor
cállese, don Fulano, que aquí adentro no hay ni buenos ni
malos.»

—Ésa es la enredadera que toda razón enreda —me res-
ponde la anciana—. Al único que Siete por Tres no puede
perdonar es a su propia persona.

—¿Por qué anda purgando un crimen que ni cometió
ni pudo impedir? —insisto yo—. ¿Por qué se castiga de esa
manera?

—Porque son otros los vericuetos de su culpa. Siete por
Tres no miraba a Matilde Lina como a una madre —me
revela lo que sé mejor que nadie—. Yo, que parí siete y
perdí tres, conozco la forma de mirar de un hijo. Matilde
Lina sufría extravagancias de temperamento, pero era mujer
de empaque fuerte, cara aniñada y pechos grandes. Muchos

codiciaban su cuerpo, y si no lograron hacerlo suyo, fue porque ella sabía defenderse a patadas y a mordiscos. La vi lavando en el río con la blusa zafada y a medio abotonar, y vi al Siete por Tres a su lado, muchacho de apenas bozo y pelusa que le iba naciendo allí donde no se atrevía a confesar. Los senos de ella que se asoman y el niño que los contempla, quieto como si fuera de piedra, sofocando el resuello: haciéndose hombre en esa visión.

También yo puedo ver a Matilde Lina al filo del agua, ocupada en su oficio, sumergida en sí misma e inconsciente de su desnudez, en ese momento de intimidad profunda que nada logra perturbar, ni siquiera la fiebre de amores que quema las pupilas del muchacho.

—No habrá sido el primer adolescente que le vea los pechos a la madre —le objeto a Perpetua, y ella se ríe.

—No, no habrá sido —me contesta—. Ni será el primero que de ahí en más ande buscándolos en todos los otros pares que se le crucen por delante.

SIETE

*T*ras la estampida de la caravana, el día de la desaparición de Matilde Lina, Siete por Tres no fue el único que quedó abandonado en el pico de Las Águilas. Por sabia cabriola del azar, que no es arbitrario como se sospecha, allí apareció también la imagen conocida como la Bailarina, solitaria y naufragando a medias en las espesuras del tremedal.

—A la hora de la emboscada no quiso protegernos, nuestra Virgen protectora —todavía hoy la sigue recriminando Siete por Tres, y me cuenta que al reconocerla desfallecida entre el fango, sintió que una vaharada de rencor le incendiaba el rostro.

—Pedazo de leño viejo, abusiva, recostada. ¡Triste muñeca de palo! —fueron, según recuerda, las blasfemias que le gritó—. Años y años cargándote en andas como si no pesaras, de noche alumbrada con velones y de día protegida de los rigores del clima por un baldaquino de duquesa, para que al final permitieras que nos llevara la calamidad.

Tratando de acallar ese rumor de soledad que había regresado de repente, Siete por Tres dio en culpar de la desaparición de Matilde Lina a la Virgen bailarina, única compañía que la vida no le había confiscado, y profería contra ella esos insultos y otros más severos, hasta que comprendió que aquella señora, que antes parecía bailar sevillanas con los mismos ademanes con los que ahora chapoteaba entre el pantano, no sólo no era infalible como protectora, sino que por el contrario, estaba sumamente urgida de protección.

—Entonces la perdoné y me enredé en la obligación de seguir cargando yo solo con ella, así que la rescaté de aquel fangal, la enlustrecí como pude, me la eché a la espalda y arranqué a caminar, hacia destinos que ni ella ni yo teníamos previstos ni estábamos en condiciones de determinar. Te pido mil perdones, mi Reina Bendita, pero hasta aquí te llegó la procesión: así le advertí para que se fuera olvidando del privilegio de las andas y para que renunciara de una buena vez a las candelas encendidas en su honor, a los salmos y a los himnos y a las rositas cecilias con las que le urdían guirnaldas. De aquí en más, le anuncié con franqueza, vas a tener que seguir la travesía a lo pobre; a lomo de indio, sin otro manto que este costal de yute ni otro lujo que esta soga. Como quien dice: se te acabó el reinado, mi Reina; ahora empiezan tus andanzas de persona del montón.

—Dios, que no olvida a sus hijos, quiso dejársela por socia y guardiana —Perpetua se santigua y besa una cruz que forma colocando el pulgar sobre el índice, y yo, que voy atando cabos, comprendo que Matilde Lina y la santa bailarina deben ser, de alguna extraña manera, una misma figura, virgen y madre, a la vez pródiga en amor e inalcanzable.

La vida, avasalladora, siguió su curso y cada quien se defendió como pudo, y en las décadas siguientes, que por falta de testigos sólo he podido reconstruir a parches, Siete por Tres, quien como he dicho tiene la costumbre de no hablar de sí, creció y llegó a adulto, se diría que contra toda evidencia. Supongo que si lo logró fue gracias a su obstinación de peregrino, a las leyes solidarias del camino, al amparo de los generosos y a la benevolencia de su Virgen tutelar. Tal vez al sexto dedo de la buena suerte y, por encima de todo, a ese inexorable empeño en seguirle el rastro a su amor.

Se había acabado la llamada Guerra Chica y había empezado otra que ni nombre tenía y que andaba mermando a la población, cuando apareció Siete por Tres en esta ciudad petrolera y ardiente de Tora, vestido de lienzo blanco como la gente del campo, con su Virgen bailarina bien envuelta en plástico y amarrada con piola, y afianzada en la cabeza la convicción de que aquí encontraría por fin a Matilde Lina, según información que le había suministrado una mujer en San Vicente de Chucurí.

—¿Ya la buscó en Tora? —le había dicho aquella señora—. Allá conocí a una que se ganaba la vida lavando y planchando, y que encaja justo con su descripción.

Miles acudían acicateados por la necesidad a esta feria de las ilusiones, adivinando en el oro negro su tabla de salvación y atraídos por los decires que flotaban en el aire con aleteo de futuro.

—Allá hay trabajo; en la refinería necesitan gente.

—En dos meses mi tío ganó suficiente para vivir todo el año.

—El petróleo da para todos.

—En Tora las cosas van a andar mejor.

Mientras los hombres soñaban con conseguir enganche en la refinería, las prostitutas y las muchachas casaderas soñaban con conseguirse un obrero petrolero, famosos en el país por bien pagos, despilfarradores y dispuestos. Se decía que el billete que soltaban alcanzaba no sólo para la manutención de esposas y queridas, sino también para el bienestar de vivanderas, vendedoras de empanadas y mazorca asada, masajistas, rezanderas, destiladoras de aguardiente, modistas, estriptiseras y vendedoras de lotería.

El sueño de Siete por Tres era propio suyo, no compartido con nadie. Recorría el territorio en dirección contraria a la multitud, con la única expectativa de toparse cara a cara con su Desaparecida a la vuelta de cualquier esquina, y toda esquina era una ansiedad que tras el cruce se volvía desengaño.

—Le compré una medalla de oro y una camisa de encaje —me cuenta— para que no me sorprendiera el reencuentro sin un regalo que darle, y no me daba el lujo de un descanso por temor a quedarme dormido y que ella pasara de largo.

Una medalla de oro y una camisa de encaje. Una medalla de oro y una camisa de encaje. Esta noche no puedo dormir: me lo impide el calor. Me lo impide saber que alguna vez quiso regalarle una medalla de oro y una camisa de encaje.

—Aquí viene a parar el mundo entero, y tarde o temprano tendrá que venir también ella —se repetía por ese entonces Siete por Tres cada vez que sentía avecinarse una crisis de fe, y dejaba que sus días transcurrieran entre los malleros, pero sin hacer causa común con ellos. El mallero es uno que se cuelga a la esperanza, pegándose a la alta malla metálica que rodea a la refinería para impedir que penetren los afueranos y los sin–carné. Un mes, dos, cinco meses puede permanecer el mallero allí parado, a sol y a sereno, aguardando a que lo dejen entrar y lo enganchen en la nómina. A lo largo de la malla se agolpan por racimos, aferrados a esa promesa que nadie les ha hecho, al aguardo de la oportunidad que la vida les está debiendo.

En medio de aquel hacinamiento, Siete por Tres veía desfilar toda suerte de pájaros, arremolinados, expectantes y alertas: soldadores que venían siguiendo la voz del tubo de petróleo desde Tauramena, Cusiana o Arabia Saudita; esmeriladores que ya habían probado suerte en Saldaña, Paratebueno o Irak; egresados del Sena, bachilleres técnicos, aventureros, pichones de ingeniero, siendo el más raro de todos el propio Siete por Tres, que deambulaba sin otro propósito que ir preguntando si alguien por casualidad conocía, de vista o de oídas, a una mujer sasaimita de mirada inconstante y poco hablar, de nombre Matilde Lina, lavandera de oficio. Si le pedían especificaciones reconocía en un susurro que era igual a todas, ni alta ni baja, ni blanca ni negra, ni linda ni fea, ni coja, ni boquinche ni lunareja, nada, nada en el mundo que la distinguiera de las demás, salvo los muchos años de vida que él había empeñado en buscarla.

La oferta de trabajo abundó para los primeros en llegar, alcanzó para los segundos, escaseó para los terceros. La empresa cerró la contratación de personal y de ahí en adelante el resto se quedó esperando, sin límite de aguante,

hasta el día sin cuenta en que la malla se abriera para acogerlos.

—Nos habíamos convencido de que el petróleo era
varita mágica que remediaba todo mal —dice Perpetua,
quien también llegó a Tora montada en el embeleco—. Y
alguna vez quizás lo fuera pero después ya no, aunque a
muchos la idea se les había incrustado en la confianza como
piedra en el zapato. Mientras unos se largaban, empujados
por el desencanto, otros tantos iban llegando. Los veíamos
aparecer sin equipaje, mirando alrededor con unos ojos de
ojalá que sabíamos reconocer, porque todos alguna vez tuvi-
mos que mirar de ese modo. Los que estábamos desde antes
nos apretábamos para abrirles sitio y no les advertíamos,
porque ya la experiencia se encargaría de apagarles el ojalá
de la mirada.

A punta de pasar tiempo y de no comer, enflaquecieron
los hombres al pie de la malla. Las mujeres de las empanadas alzaron con sus canastos para ir a vender a otra plaza y
las niñas solteras dieron en soñar más bien con militares o
con buscadores de esmeraldas. Hasta el ánimo inquebranta-
ble de Siete por Tres presentó señales severas de descreimiento y de fatiga, como esa noche aturdida que tanto
habría de pesarle en la conciencia, cuando invirtió el último
billete en una parranda de ron blanco, le regaló la blusa de
encaje destinada a Matilde Lina a cualquier puta joven de

sonrisa honesta y, tras una hora de amor, le encimó la medalla.

Y yo aquí pensando en todo esto, tan lejos de mi propio entorno y acostada en esta cama revuelta, sin poder dormir. Me lo impide el calor. Me lo impide el ruido de la planta eléctrica. Me lo impide el miedo que de noche se agazapa en los rincones de este lugar asediado. Me lo impide saber que un hombre llamado Siete por Tres, si es que tal cosa es nombre, una vez, hace tiempo, le compró a su amada una camisa de encaje y una medalla.

OCHO

*E*s éste un lugar ajeno y lejano de todo lo mío, regido por códigos privativos que a cada instante me exigen un enorme esfuerzo de interpretación. Sin embargo, por razones que no acabo de esclarecer, es aquí donde está en juego lo más interno y pertinente de mi ser. Es aquí donde resuena, confusa pero apremiante, la voz que me convoca. Y es que yo, a mi manera peculiar y aunque ellos no se den cuenta, también hago parte de la multitud errante, que me arrastra por entre encuentros y desencuentros al poderoso ritmo de su vaivén.

Siete por Tres tampoco se percata. Al igual que los demás, me ve como un punto fijo al cual se puede arrimar; como una de las vigas que sostienen el albergue que lo acoge en medio de su viaje sin final. Él viene hacia donde yo ya estoy: cómo o por qué llegué, de dónde vine, para dónde voy, es algo que no se pregunta. Da por sentada mi permanencia, y yo, aun sabiéndola incierta, lo invito a que cuente con ella. Y lo hago desde el fondo de mi honestidad, porque intuyo que sigo aquí justamente para que él —él y todos los suyos— puedan llegar. Es extraño y seductor, esto de servir de puerto cuando uno se sabe embarcación.

Pero ¿qué hacer con Matilde Lina —la Incierta, la Extraviada, la Perpleja— y cómo desembarazarse de su presencia incorpórea? Con sus párpados pesados, sus cabellos de niebla y su corazón de pulsaciones pálidas, ella pertenece al reino de la alucinación y se sale absolutamente de mi control. Su tragedia y su misterio fascinan y angustian a Siete por Tres, y lo atraen con la fuerza de un abismo. Es una rival feroz. Por más vueltas que le doy, no sé cómo derrotar esa existencia rotunda, concebida en el aire por un hombre que a lo largo de su vida la ha ido modelando a su imagen y semejanza, hasta hacerla encajar en el tamaño exacto de su recuerdo, de su culpa y su deseo.

—Déjala dormir, hazle la caridad —le digo a Siete por Tres—. Eres tú quien la mantiene atada al tormento de su falsa vigilia. Deja que se desprenda en paz; no la acucies con la insistencia de tu memoria.

—¿Y si está viva? —me pregunta—. Si aún está viva no la puedo enterrar, y si está muerta tengo que enterrarla. No puedo dejarla por ahí, vagando solitaria como un alma en pena. Viva o muerta, tengo que encontrarla.

—¿Has pensado en la posibilidad de que eso no sea posible? —le digo con cautela, soltando despacio cada palabra.

—¿Y si ella me anda buscando? ¿Si le pasa como a mí, que no tiene vida por estar pendiente de la mía? ¿Si sufre al saber que yo estoy sufriendo?

—Entonces vámonos a bailar —le propuse la otra noche—. Aquí en tu país he aprendido que cuando las cosas no tienen solución, el mejor remedio es irse a bailar.

Era un sábado fresco de diciembre y él estuvo de acuerdo, y en el camión de las monjas bajamos hasta un bailadero muy popular, llamado Quinto Patio, que queda en pleno centro de Tora. Se aproximaba la Navidad y en las calles estrechas, adornadas con ristras de luces de colores, las gentes de buena voluntad andaban compartiendo natilla y buñuelos, cantando villancicos con piticos y tamboras y rezando ante los pesebres la novena de aguinaldo. Ni la luna de azogue que nos abrasaba, ni el intenso olor nocturno a jazmín, ni el estruendo que desde las rocolas metía el Grupo Niche con su *Cali pachanguero*, ni siquiera el próximo advenimiento del Rey de los Cielos había logrado aplazar la matazón, y de tanto en tanto la guerra nos echaba en cara su porfía: unos tiros en una esquina, una explosión en la distancia y, bullendo por todos lados, esa loca euforia de estar vivo que caracteriza a esta tierra inefable.

—No hay en el mundo un país más hermoso que éste —le decía yo esa noche a Siete por Tres, mientras le comprábamos a un ambulante tajadas de mango verde con sal.

—No, no lo hay, ni más asesino tampoco.

En la penumbra roja y acogedora del Quinto Patio, Siete por Tres y yo nos pusimos a bailar, al principio unos merengues tímidos y después unas salsas enardecidas que él, como buen colombiano, ejecutaba con agilidad mientras yo bregaba a seguirle el paso con la torpeza extranjera de mis pies.

—Siete por Tres, hay una cosa que debo preguntarte ya mismo —le solté de repente, haciéndolo interrumpir su bailar sandunguero.

—¡Jesús! Cuánta solemnidad. ¿Y qué será eso tan grave que inquieta a mis Ojos de Agua?

—Dime qué pasó con los gatos.

—¿¡Gatos!? De qué gatos me hablará esta señorita...

—De aquellos gatos hambrientos que Matilde Lina y tú socorrían cuando les cayó la emboscada.

—Ah, esos gatos. A esos gatos no les pasó nada.

—¿Cómo lo sabes?

—Porque a los gatos nunca les pasa nada.

Más adentro en la noche, ya sobre la madrugada y abrigando entre pecho y espalda una botella de ron, a manera de despedida nos entregamos impenitentes a un bolerazo lento y ceñido, tal como debe ser. Escudados en lo irresistible del mece-mece y de una letra hiperbólica que hablaba de copas rotas y de frustradas libaciones de amor, Siete por Tres y yo, livianos y felices, medio borrachos ya, nos acercábamos sin buscarnos demasiado, sin que el uno apremiara ni el otro acabara de consentir.

—¿Cuánto dura un bolero? —le pregunto a la señora Perpetua.

—Los de antaño cinco minutos; los de ahora, tres no más.

Tres minutos no más. Al otro día, que había amanecido siendo domingo pero que se arrastraba hacia una tarde tan anodina como la de cualquier martes, me topé con Siete por Tres frente a los hornos del pan. Andaba taciturno y arropado en distancias, y colgada al cuello llevaba de nuevo la sombra de Matilde Lina, desmayada y volátil como un *écharpe* de seda gris.

NUEVE

*Y*a se vivía la resaca del gran entusiasmo petrolero cuando Siete por Tres se vio involucrado, casi sin percatarse, en los hechos que habrían de traerlo hasta este albergue de caminantes, donde se convertiría en mi desvelo, casi tanto como Matilde Lina era el suyo. Montado como estaba en el sube y baja de sus acucias y sus despechos, no percibió el momento sutil en que el descontento, que en Tora se cocina a fuego lento, subió como leche hervida, rebasó todo canal de contención y estalló.

—¡Tápese la boca con un pañuelo mojado y corra! —le advirtió alguien a Siete por Tres, quien observaba la barahúnda desde una tienda, pendiente tan sólo de algún rostro femenino que le recordara al que andaba buscando. No hizo caso porque no tenía pañuelo, ni velas en ese entierro, pero por si acaso puso a su Virgen a salvo en la oscurana de un zaguán. Segundos después se vino encima una invasión de soldados disfrazados de matorral, con hojarasca en el casco y ramajes a la espalda, llevando máscaras, mangueras y unos tanques que a él le recordaron los de fumigar.

—¡Echan gases! —oyó gritar, al tiempo que lo abrazaba una mala nube que le pringó la piel, le cerró la garganta y le inflamó los ojos con algo mil veces peor que el ají.

Eso es lo que él mismo cuenta, pero según los periódicos que aparecieron por aquellos días, uno de los incitadores de la alharaca había sido el propio Siete por Tres. Vaya uno a saber.

Promediando las diversas versiones del siguiente episodio, he podido deducir que aún no se reponía Siete por Tres de la asfixia y del aturdimiento del gas lacrimógeno cuando alcanzó a ver, a través de la roja niebla del ardor, a un niño que atravesaba la calle con un portacomidas en la mano. A uno de los falsos matorrales le debió parecer que se trataba de bomba, o de coctel molotov.

—Es almuerzo para mi papá —intentaba aclarar el niño, mientras esquivaba los golpes del soldado y protegía con los brazos aquello que parecía, en efecto, un portacomidas, pero que tal vez fuera, como sospechaba el militar enmalezado, un coctel molotov, porque ya se sabe que en tiempos de guerra sucia no se puede confiar en la tropa, pero tampoco en los niños.

Dicen que todo sucedió a la vez: el soldado que agrede al niño, Siete por Tres que se encrespa de indignación y le encaja al soldado un puñetazo, la jauría de malleros que entra en acción y desencadena el zafarrancho.

Cuando se decantaron los acontecimientos y las autoridades empezaron a investigar, aparecieron testigos que juraron que el agitador infiltrado y atacante del militar era un extranjero joven, armado, comunista, por más señas descalzo y con seis dedos en el pie derecho, profanador de templos y ladrón de imágenes sacras, entre ellas una Virgen esculpida por el célebre Legarda, que constituía una valiosa reliquia colonial.

—La madre Françoise sospecha que eres guerrero, o terrorista . . . —puyaba yo a Siete por Tres, a ver qué le sonsacaba, cuando ya llevaba dos o tres meses alojado en el albergue y entre nosotros empezaba a afianzarse la confianza.

—¡Ay, Ojos de Agua! Mi guerra es más cruel, porque la llevo por dentro —me contestaba él, eludiendo la respuesta. Fue por esos días cuando empezó a decirme Ojos de Agua. «Venga para acá, mi Ojos de Agua, que la noto alicaída y tristonga», me llama riéndose, o si no pregunta por ahí, «¿Dónde anda hoy mi Ojos de Agua, que no viene a saludarme?». Y también, «No me mire con esos ojos, niña, que me ahogo en ellos».

—No hace falta que te ahogues —reviro yo—, me basta con que te des un buen baño. Aquí tienes champú para que te laves el pelo, y una camisa limpia, o acaso te estás creyendo que aún vives entre el monte.

—Dios me ampare de su cantaleta, mi Ojos de Agua —me dice así, *mi Ojos de Agua*, como si fueran suyos mis ojos claros, como si fuera suyo todo lo que soy, y yo, al escucharlo, me entrego sin reservas a esa pertenencia. Aunque al mismo tiempo comprendo que esa forma de llamarme es constatación de distancia: ojos claros son ojos de otra raza, de otra clase social y otro color de piel; de otra educación, otra manera de agarrar los cubiertos en la mesa, distinta forma de dar la mano al saludar, de reírse de otras cosas; otra manera, dificultosa y fascinante: definitivamente otra. Cuando Siete por Tres me dice Ojos de Agua, yo entiendo también que entre mis ojos y los suyos se atraviesa un océano. Pero él sabe anteponerle un *mi* (*mi* Ojos de Agua) y ese *mi* es una barquita: insuficiente, raquítica, azarosa, pero embarcación al fin, para intentar la travesía . . . Son lecturas que haces con el deseo cuando la única certeza que te ofrecen está hecha de frases inciertas.

DIEZ

Tras aquel brote de disturbios en Tora, Siete por Tres pasó del más evanescente anonimato a ser el tema del día. Tenía a los perros detrás, ávidos de crucificar a algún chivo expiatorio, y según me cuenta Eloísa Piña, presidenta de un comité cívico que se unió a la revuelta y a quien él recurrió en esa ocasión, no lo preocupaba tanto la urgencia de salvar su propio pellejo —que además traía sollamado por el gas— como la certeza de que Matilde Lina se hallaba refundida en medio de aquel tumulto, y la necesidad de encontrar un cambuche para esconder a su Virgen, de repente famosa, de buenas a primeras considerada tesoro colonial y reclamada como patrimonio artístico sustraído a la nación.

—Váyase al nororiente de la ciudad y empiece a trepar loma —le aconsejó Eloísa Piña—. Encájese un gorro y use manga larga, para disimular el maltrato, y póngase zapatos para que no lo traicione el dedito suplementario. Atraviese el mar de barrios de invasión, sin parar ni abrir la boca, y siga, siga subiendo. Cuando ya no le quede una gota de aliento, estará llegando a los últimos ranchos de una barriada joven que llaman la Nueve de Abril. Aunque le aclaro que últimos, últimos ranchos jamás va a encontrar por allí, porque no terminan los recién llegados de construir el suyo cuando ya han llegado otros aún más recientes y están levantando el propio. En cualquier caso ahí sí descanse, en los despeñaderos de la Nueve de Abril, y pregunte por las monjitas francesas. Cualquiera lo sabe llevar. Ellas tienen un albergue donde no se atreven a irrumpir los milicos, los paracos ni los guerreantes, y allá acogen casos críticos como usted y los protegen, ¿cómo será? Yo digo que cobijados con el mero soplo del Espíritu Santo.

Con el dinero que Eloísa Piña le prestó rezongando, dado que no avisoraba esperanzas de recuperarlo pronto, Siete por Tres se compró un par de zapatos negros de cordones y gruesa suela de caucho, de la famosa marca El Campesino Colombiano, y cruzaba la última calle del casco urbano con su Santa Bailarina a cuestas y sus pies refrenados por la rigidez de la carnaza sin desbravar, cuando lo detuvo una patrulla de la policía, en pleno uso de su prepotencia y su ulular.

—¿Qué lleva ahí? —le preguntó un cabo, sospechando del bulto pesado que cargaba al hombro.

—Leña —respondió sin abrir el costal, y atinó a hacer sonar a golpes de nudillo la madera de su santa protegida, de tal modo que el cabo, que no era de los que pierden el sueño por la suerte de las vírgenes no carnales, se dio por satisfecho en cuanto al contenido del fardo.

—¡Descálcese el pie derecho! —fue la nueva orden que impartió, porque debía tener instrucciones de reconocer al maleante por la siguiente indicación reseñada: «Señales particulares, un dedo de más.»

Siete por Tres sintió que descendía al último sótano del desconsuelo y desde allá abajo invocó a Matilde Lina: ¿Cómo te voy a seguir buscando, morena mía, si me encierran entre una celda con cadenas y candados?

—¿Quiere que me descalce, mi cabo? —quiso hacerse el tonto.

—¿Acaso no oye? ¡Que se descalce el pie derecho, he dicho!

Siete por Tres se sentó en la acera con la parsimonia de los que aceptan que ya no hay nada que hacer. Se miró los zapatos nuevos con una tristeza insondable y se dispuso a desamarrar el cordón con la resignación del condenado a muerte que estira el pescuezo hacia el filo del hacha, pero en el último instante, casi por jugar, movido sólo por un destello de picardía, torero-payaso que intenta una última cabriola como quite a la cornada, sin decir una palabra ni alterar el gesto, se quitó el zapato del pie izquierdo.

Uno, dos, tres, cuatro, cinco; cinco dedos contó burocráticamente el cabo, ni uno menos, ni uno más.

—Váyase —ordenó, sin percatarse del cambalache.

ONCE

*D*e nuevo con el alma entre el cuerpo y el color recuperado, como si acabara de resucitar, ya en control de los zapatos de carnaza, que parecían haberse ablandado con el susto y ahora respondían más dóciles a su paso apurado, Siete por Tres salió del centro de la Tora soliviantada y empezó a subir montaña, tal como le había indicado Eloísa Piña, por entre el rosario de barrios de invasión. Los veía desgajarse uno tras otro sin aprenderse los nombres, porque no acababa de preguntar cómo se llamaba alguno cuando ya había empezado el siguiente.

—¡Cómo inventa la gente! —se asombraba de la capacidad de poner tanto nombre, a veces pura ilusión o ironía, como Las Delicias, Altos del Paraíso o Tierra Prometida; otras veces conmemorativos de ambiguas victorias del pueblo, como Veinte de Julio, Grito Comunero o Camilo

Torres. Santa Teresita Niña, San Pedro Claver y María Goretti para recordar a los favoritos del santoral; Villa Nohra, La Doncella y El Mariluz en honor a la mujer; los demás repetidos, adjudicados en cadena cuando la imaginación no daba para más: Villa Areli Uno, Villa Areli Dos, Villa Areli Tres; Popular Uno, Popular Dos, Popular Tres.

Cuando por fin olvidó el incidente del cabo, recobró la confianza y se animó a hacer un alto para mirar hacia abajo, se sorprendió al ver al fondo, anclada en el centro de la selva, esa catedral reverberante y metálica que era la refinería, con su intrincada maraña de tubos, de torres y de tanques, en pleno esplendor de su fuego interno y sus humos tóxicos.

Pobre ciudad con corazón de acero, pensó Siete por Tres; poderoso corazón coronado por trece chimeneas pintadas de rojo y blanco, que lanzan contra el cielo llamaradas azules y eternas.

—Sospecha uno que esas llamas ya requemaron el aire —le he escuchado decir más de una vez— y que dentro de poco no vamos a respirar. ¿Cómo no va a hacer calor, si vivimos montados en semejante estufa?

Siguió subiendo hasta que la férrea solidez de la refinería se disolvió en espejismo, y de tanto tubo y tanto tanque no llegaron hasta sus ojos sino destellos de sol. En cambio, iba cobrando fuerza en sus oídos el ruido de un martilleo constante, incansable, prolongado como una obsesión. Lo producían las familias de advenedizos que por cada rancho que ya existía iban levantando otros dos: aquí clavaban tablas y pegaban ladrillos, allá ajustaban latas, más arriba se las arreglaban con palos y cartones. A medida que Siete por Tres ascendía encontraba ranchos más endebles, más inmateriales, hasta que los últimos le parecieron construidos en el aire, de sólo anhelo, de puro martillar.

Suspendidas en la blancura calcinada del mediodía, dos mujeres cocinaban sobre una parrilla improvisada en la calle de tierra, y un viejo descalzo trasteaba un colchón. Un perro amarillo se ensañó ladrándole a sus zapatos nuevos y un grupo de niños dejó de patear un balón de trapo para mirarlo pasar.

Siete por Tres supo que había atravesado el espejo para penetrar en el envés de la realidad, donde se extiende en silencio, a la sombra de la raquítica patria oficial, el inconmensurable continente clandestino de los parias.

«Aquí está Matilde Lina», pensó. «Aquí está, aunque no esté.»

DOCE

Cuando Siete por Tres hizo su primera aparición en el albergue, transcurría una de esas tardes recargadas y húmedas de agosto en las que el planeta se niega a girar. Los golpes en la puerta a duras penas disiparon el letargo que flotaba sobre el patio, y al levantarme a abrir resentí el peso de mis pies, abotagados de calor. Poco se veía del recién llegado, envuelto como estaba en su ruana calentana, con un costal a cuestas y un sombrero de fieltro calado hasta las cejas. Lo hice seguir y le ofrecí un asiento que rechazó, dudoso entre permanecer o dar media vuelta y salir por donde acababa de entrar. Fue entonces cuando le pregunté el nombre, lo dejé buscando a Matilde Lina en los libros de registro y me fui a llamar a la madre Françoise, quien por ese entonces era directora general de este refugio de desterrados al que yo le dedico mis días.

Al regresar, me alegró ver todavía allí la extraña figura de Siete por Tres. Hubiera jurado que aquel hombre seguiría camino, pero no había sido así. Permanecía de pie ante el escritorio que hacía las veces de recepción, había dejado ya de revisar la lista y se aferraba a su costal como si temiera que se lo fueran a arrebatar. Parecía cansado y enfermo, y pensé: Estará cocinado debajo de tanta ropa. Lo mismo debió pensar la madre Françoise porque le dijo que si quería una limonada, con tanto calor . . .

Él respondió con un *no* agradecido y se volvió a callar.

—¿Qué llevas en ese costal? —le preguntó la madre, como por dar pie a alguna conversación.

—Leña —respondió, pero me pareció que mentía.

Pasó largo rato antes de que la madre Françoise lograra convencerlo de que comiera algo y se quitara la ruana, y al ver que tenía la piel ardida me pidió que le diera aspirinas y le hiciera curaciones con picrato de butesín. Al principio sólo permitió que le untara la pomada en las ampollas de la cara y de los brazos, pero tal vez el roce de mis dedos le alivió la congoja y le aflojó la desconfianza, porque se abrió la camisa y me mostró las quemaduras que le floreaban la piel del pecho y del cuello.

—¿Con qué fue?

—Insolación —me dijo, y supe que otra vez mentía. Es lo común: a este albergue viene a refugiarse toda suerte de perseguidos, a quienes les va la vida en no decir una verdad. Así que tienes que aprender a distinguir entre mentiras dañinas y verdades no dichas.

—Señorita, usted me está dejando mejor engrasado que transmisión de camión —me dijo risueño, cuando se vio cubierto por la espesa pomada amarilla.

Un par de días después, ya reposado y repuesto, andaba ayudando por la huerta y la cocina, y hasta se ofreció para dar una mano con la contabilidad de la administración. Fue en medio de una columna de egresos cuando nos confesó, a la madre y a mí, que entre el costal llevaba ni más ni menos que a la famosa Bailarina de los tiempos coloniales, tan buscada por las autoridades en toda Tora y sus alrededores. Como ya habíamos oído de ella por la radio y por la prensa, la madre Françoise se agarró la cabeza a dos manos y empezó a dar unos alaridos que sólo sorprendieron a los que no conocían los excesos de su temperamento francés.

—¡Pero qué grandísimo disparate! —gritaba con su acento irrepetible—. Cómo se te ocurre, muchacho, ¡traerme aquí una Virgen robada!

—No la robé, madre —aseguraba él, pero era inútil.

—¿Acaso no sabes que aquí no puedo tener armas, ni drogas, ni nada ilegal, porque sería servirle en bandeja al general Oquendo el pretexto que está esperando? ¿No crees que ya es suficiente problema esconderte a ti, a quien persiguen por mar y tierra por tanta diablura que hiciste en la huelga?

—Si no hice nada, madre.

—¡Saquen esa Virgen, antes de que Oquendo nos allane con la buena excusa de que administramos una cueva de ladrones!

—Pero, madre, usted que es hospitalaria con todos, ¿cómo va a echar a la Virgen a la calle? ¿No ve que desde niño la vengo cargando sobre los hombros? ¿No ve que no es robada, sino salvada por mi gente del saqueo y del incendio?

Siete por Tres la liberó del costal, desamarró la piola y no acababa de desenvolver el plástico cuando se produjo un pequeño milagro, porque la sonrisa de la Virgen morena desarmó a la monja, que quedó prendada de esa dulzura tan grácil, de esa coquetería tan gitana con que la imagen meneaba las faldas y entornaba las manos, como si en cualquier momento fuera a ascender bailando al cielo.

Le buscamos escondite por todo el albergue; ensayamos a enterrarla debajo de los tomates de la huerta, a encaramarla en las vigas del tejado, a ocultarla detrás de los lavaderos o entre los bultos de grano que almacenábamos en la alacena.

—Ahí no, ¿no ven que la daña la humedad? —Nada satisfacía a la madre Françoise—. Ahí tampoco, que la mordisquean los cerdos. ¡Ahí sí que menos! Se la come el jején. Dame acá, que ya sé dónde la voy a colocar.

—¡Pero qué hace, madrecita! —protestaba Siete por Tres.

—Tú calla, que tienes la culpa.

Sin dar lugar a preguntas o reclamos, la monja hizo traer piedras, cemento y palustres y a todos los puso a construir, en la mitad del patio, un nicho alto, recio y aparatoso. Justo ahí entronizó a la Bailarina, apretada entre exvotos y flores de plástico, expuesta como en vitrina pero bien resguardada e inaccesible detrás de un cristal. Antes de encerrarla la disfrazó. Le organizó en color noche y plata una capa cortada al sesgo, de triple vuelo y con capucha forrada, que la cubría toda por completo con excepción de su bonita cara y del liviano pie que aplastaba a la Bestia. Alrededor del nicho sembró plantas y cercó.

—Donde todos pueden verla es donde menos se ve —dijo, por fin complacida, la madre Françoise.

—Ah, qué monjita ésta —le salió agridulce la sonrisa a Siete por Tres—. Me enrejó a mi Virgen.

Desconcertado, caballero andante recién destituido de la causa de su dama, se sentó a los pies del nicho y se dejó flotar en una gelatina a medio camino entre el alivio y las ganas de llorar. Se alegraba de ver a su Virgen tan señora y tan airosa, rodeada de flores y homenajes, ella, que parecía acostumbrada a las fatigas del viaje y a la aspereza del costal. ¿Pero adónde podría ir él sin su compañía? Si seguía camino la dejaba atrás; si permanecía se le enfriaba la huella de Matilde Lina, que tiraba hacia delante. La disyuntiva lo hacía náufrago del tiempo y congelaba su impulso, y ése fue, tal vez, el único día en que he visto a Siete por Tres realmente mal: triste y deslucido como un pájaro disecado.

Mientras tanto Perpetua, a quien la vida había arrastrado hasta este mismo patio, tascaba su caja de dientes y contemplaba la escena sin creer lo que veía: sus ojitos gachos se posaban en la Virgen, la inspeccionaban, observaban al dueño con extrañeza, volvían a la Virgen, la recorrían de arriba abajo y de repente se iluminaron.

—Señor —le dijo a Siete por Tres, tocándole con respeto el hombro—. Señor, ¿no es esta imagen Santa María Bailarina, patrona de un pueblo del mismo nombre que campeaba por los rumbos del Río Perdido, departamento del Huila?

—No, señora, está confundida —negó él poniéndose de pie, paranoico tras tanto episodio persecutorio.

—Qué raro —insistió Perpetua—, hace rato la estoy mirando y hubiera jurado que es la misma. No creo que haya dos iguales; ni siquiera parecidas . . .

—Le digo que no. Hasta donde entiendo de la materia, esta santa es Santa Brígida.

—¿Santa Brígida virgen, o Santa Brígida viuda?

—Santa Brígida no más, y si no le molesta tengo que marcharme —reviró Siete por Tres, convencido a estas alturas de que la anciana era un infiltrado de la inteligencia militar que lo interrogaba para delatarlo.

Horas más tarde, mientras Siete por Tres, en calzoncillos, se duchaba con manguera, los ojitos gachos de Perpetua, que no paraban de escudriñarlo, se toparon con un sexto dedo que regresó inconfundible a su memoria despejándole todas las dudas.

—¿Siete por Tres? ¿Estás vivo? ¿Me recuerdas? Soy Perpetua. La señora Perpetua, ¿te acuerdas? La madre de los niños Morales . . . ¿Cierto que ella es la Bailarina, nuestra Patrona? Hasta el fin del mundo la reconocería . . . Y tú, ¿cierto que eres Siete por Tres, el ahijado de Matilde Lina?

A todas éstas la madre Françoise, en cuatro patas y valiéndose de un alambre, se ocupaba de un sifón atascado sin sospechar siquiera que al construirle nicho a la Virgen de madera había colocado la piedra fundacional de lo que seguramente algún día, dentro de quién sabe cuántos años, habrá de ser Santamaría Bailarina, la segunda y última, inmensa barriada sedentaria de esta ardiente ciudad de Tora, cuyos habitantes habrán olvidado el origen trashumante de sus progenitores y estarán tan habituados a la paz que la darán por descontada.

TRECE

—Aquí llegan los que escapan del infierno —le digo a Siete por Tres mientras recorremos el patio central, los baños colectivos y los galpones de los siete dormitorios, dispuestos en apretadas filas de camas camarote.

Le presento a Elvia, una quindiana menuda y curtida que alimenta con trozos de fruta a sus azulejos, que son todo lo que conserva de lo que fue su finca, cerca de La Tebaida.

—También alcancé a sacar mis pollos —nos cuenta Elvia, con un azulejo parado en el hombro y otro en la cabeza—. Pero la caja en que venían se cayó de la canoa y se ahogaron en el río. No se sabe quién chilló más, si los pollos o yo.

—A los perros los abandonan porque ladran por el camino y los delatan —le comento a Siete por Tres, y le muestro cómo funcionan los hornos de pan—. En cambio es frecuente que se presenten aquí con sus pájaros.

Sentadas en una banca están las únicas tres inquilinas de planta, doña Solita, su hija Solana y su nieta Marisol. Mucha gente viene y se aleja al socaire de la guerra, pero ellas permanecen sentadas en su banca, almidonadas y compuestas como tres muñecas en la vitrina de una juguetería. Alzo a Marisol, mi ahijada, una criatura de meses que nació aquí, en el albergue.

—Nadie llega aquí para siempre; esto es sólo una estación de paso y no ofrece futuro. Durante cinco o seis meses les damos a los desplazados techo, refugio y comida, mientras se sobreponen a la tragedia y vuelven a ser personas.

—¿Será posible volver a ser persona? —me pregunta Siete por Tres sin mirarme, porque conoce la respuesta mejor que yo.

—No siempre. Sin embargo el albergue no puede alargar el plazo, así que deben seguir camino para enfrentar de nuevo la vida y empezar de cero. Pero ellas tres, ¿adónde van a ir? Doña Solita no puede trabajar porque tiene las manos impedidas por la artritis. Le mataron a los demás hijos y le dejaron embarazada a Solana, que sufre un severo retraso mental. ¿Dónde en el mundo pueden vivir esos tres ángeles del cielo, si no es aquí?

—Si no es aquí —repite Siete por Tres, que tiene la maña de devolver la última frase que escucha, como un eco.

—Al llegar acá —le digo— vi lo mismo que estás viendo ahora; mujeres en los lavaderos, hombres trabajando en la huerta, niños que escuchan la lectura de un libro: demasiado silenciosos, lentos y sonámbulos, con la mente en otra cosa mientras intentan llevar un remedo de vida normal. No encontré hostilidad en ellos, al contrario, una cierta mansedumbre derrotada que me oprimió el corazón. La madre Françoise me dijo que no debía engañarme. «Detrás de ese aire de derrota está vivísimo el rencor», me advirtió. «Huyen de la guerra pero la llevan adentro, porque no han podido perdonar.»

Desde su primer día entre nosotros, Siete por Tres demostró que no sabía lo que era la inactividad y dejó ver que poseía una habilidad sorprendente para cualquier oficio, fuera resanar paredes, sacrificar cerdos, organizar brigadas de limpieza o manejar el camión; ninguna tarea le quedaba grande ni existía problema al que no le hiciera el intento.

Por confesiones que se le escapan, sé que se ha ganado la vida en los muchos oficios que le van saliendo al paso, porque mientras más busca a Matilde Lina, más las oportunidades lo encuentran a él. Le pregunto por qué nunca come carne y me entero de que fue aseador de una carnicería de Sincelejo, donde en vez de sueldo le pagaban con hueso y bofe. Sabe suturar heridas, saca muelas y remienda huesos porque ejerció de enfermero en San Onofre; maneja bus porque reemplazó choferes por la ruta Libertadores; echó musculatura como bracero en el Magdalena; fue desguazador de autos en Pereira, recolector de papa en Subachoque, afilador de cuchillos en Barichara.

Entre todas sus destrezas, hay una en particular que para nosotros resulta imprescindible: Siete por Tres sabe mediar cuando se arman pleitos. En el albergue estalla el conflicto con demasiada frecuencia porque es mucha la gente que se amontona adentro: gente que a veces no se conoce entre sí y que se ve obligada a convivir en poco espacio por largo tiempo, compartiéndolo todo, desde el excusado y la estufa hasta el llanto adulto, sofocado por la almohada, que se escucha de noche en los dormitorios. Para no hablar de la tensión y la desconfianza extremas que se generan cuando se aloja un grupo que simpatiza con la guerrilla y otro que viene huyendo de ella. Siete por Tres ha demostrado tener un talento nato para manejar situaciones inmanejables con delicadeza y autoridad, y se ha vuelto tan necesario para las monjas que la madre Françoise le ha dado el cargo de intendente. Con esto pretende además amarrarlo al albergue, porque Siete por Tres se aleja cada vez que soplan vientos de otros lados.

Basta con que a sus oídos lleguen noticias de que a los bajos del Guainía está migrando gente en busca de oro, o que a Araracuara y al río Inírida acuden miles de todo el país a vivir de la siembra de la coca, para que enseguida su tormento, por un rato apaciguado, vuelva a estremecerlo y le infunda la certeza de que Matilde Lina debe andar por esos rumbos, refundida entre aquella gente.

—Pero ¿hacia dónde te vas, si éste es el propio fin de la Tierra? ¿Hasta cuándo crees que puedes echar a caminar, si aquí terminan todos los caminos? —le pregunto yo, pero él pone oídos sordos y se calza sus zapatos del Campesino Colombiano como si fueran botas de siete leguas. Entonces volvemos a verlo tal como llegó el primer día, de sombrero de fieltro calado, pantalón de lienzo blanco y ruana calentana, y yo lo acompaño con el corazón en vilo, desde la ventana, mientras se pierde carretera abajo.

Hasta ahora siempre ha vuelto al cabo de unas cuantas semanas, derrengado de cansancio y enfermo de decepción, pero con el morral repleto de naranjas y panelitas de leche que trae de regalo para su Ojos de Agua y para la madre Françoise, y con una caja de bocadillos de guayaba que reparte entre Perpetua, Solana, Solita y Marisol.

Seguramente, si regresa es por no abandonar a su Virgen Bailarina, o por no fallarle a tanto ser, tan urgido de su ayuda, que lo espera aquí. Yo sé que no es cierto, pero cierro los ojos y me hago la ilusión de que quizás, quién quita, también vuelve un poco por mí.

CATORCE

No me pregunten cómo, pero la madre Françoise ha descubierto qué es lo que atormenta mi corazón.

—No me parece cosa prudente enamorarse de uno de los desplazados —me soltó el otro día, así sin prolegómenos y sin que yo le hubiera comentado nada, dejando caer la frase como quien no quiere.

—¿Así que no le parece *cosa prudente*, madre? —le espeté la pregunta, descargando en ella las malas pulgas que llevo encima desde que empezó este hedor—. ¿Y es que acaso *alguna cosa* de las que acá ocurren tiene *algo* que ver con la prudencia?

Me mortifica la intromisión de la madre Françoise, porque prefiero mil veces no tener testigos de este amor sin fundamento ni respuesta. Pero me mortifica aún más el hedor a pezuña quemada, o por mejor decir me hace la vida imposible, porque además coincide con un momento límite en la seguridad del albergue, y con el hecho de que hace ya tres meses que Siete por Tres partió hacia la capital, a ponerse en contacto con cierto organismo que ofrece ayudarlo en la búsqueda de Matilde Lina. En todo este tiempo no hemos recibido noticia de él, ni notificación de posible regreso, y yo, que a la tensión externa le sumo la sospecha de que no volveré a verlo, ando estragada por la ansiedad. Me salva no sé qué instinto de compensación que debe regir a los fluidos corporales, y que hace que cuando llego al borde de mi propio aguante, baje la marea del desconsuelo y mi ánimo encalle en una silenciosa bahía de aguas apáticas.

Tengo anotados los teléfonos de los contactos de Siete por Tres en la capital, pero hago de tripas corazón y me abstengo de llamar a averiguar por su suerte. ¿Él buscándola a ella y yo buscándolo a él? Al menos me queda orgullo suficiente para no hacerlo.

El atosigante olor proviene de una fábrica de sebo que han instalado en un solar justo enfrente del albergue. Todas las mañanas sus obreros traen desde el matadero seis o siete carretilladas de pezuñas de res, que adentro queman a lo largo del día para extraer el sebo, con lo cual logran envenenar los alrededores con un humo nauseabundo. Se trata de un tufo inicial a pelo chamuscado que al rato se transforma en un aroma culinario a carne asada que a un desprevenido puede incluso abrirle el apetito. Poco después esa segunda tonalidad del olor se va volviendo sospechosamente dulce, como si aquella carne puesta al asador estuviera un tanto pasada, muy pasada, más bien putrefacta: el olor doméstico de lo comestible se convierte en fetidez de basurero, y las náuseas me empujan a salir corriendo. Supongo que las pezuñas están hechas de la misma materia de los cuernos y deduzco que no es casual que en español se diga *huele a cacho quemado* cuando se quiere aludir a un olor insoportable. Este que ahora nos invade pertenece a un reino indeciso entre la materia sana y la descompuesta, entre lo vivo y lo muerto, y a mí me ha dado por creer que no sólo emana de la fábrica de sebo, sino de nosotros mismos y de nuestras pertenencias. Mi piel, mis vestidos, el agua que intento llevarme a la boca, el papel que utilizo para escribir, están impregnados de este olor mórbido, pérfidamente orgánico, que como un mísero Lázaro que intenta resucitar y no acaba de lograrlo, me abraza, a todos nos abraza con su descarnada y atenazadora ambivalencia.

De hecho, dentro de lo crítico que es siempre todo lo que acaece en el albergue, por estos días atravesamos por una situación particularmente crítica debido a las declaraciones recientes de Oquendo, comandante de la xxv Brigada con sede en Tora, según las cuales el nuestro es un refugio para terroristas y criminales, financiado desde el exterior y camuflado tras supuestas organizaciones de derechos humanos. Que le servimos de fachada a la subversión armada, ha denunciado el comandante, y advierte que ante semejante patraña las fuerzas del orden tienen las manos atadas. Es evidente que lo que busca es desatarse las manos para poder brincarse los códigos del derecho humanitario y proceder en contra nuestra, así que, parapetados tras la cuestionada protección simbólica de nuestros muros, esperamos a que en cualquier momento nos allane el ejército o nos caiga encima un escuadrón de la muerte.

Tal vez si fumara me atiborraría de cigarrillos para sobreaguar durante estos días que resultan teatrales de puro angustiosos, pero como no fumo, me ha dado por leer con la compulsión de quien no quiere dejar lugar en su cabeza para ningún pensamiento propio. Pero todo lo que leo me habla de mí misma, como si hubiera sido escrito a propósito para impedirme escapar. No parece haber remedio, pues, ni escapatoria posible. Ni siquiera en la lectura. Tora con su guerra y sus afanes, y Siete por Tres, y Matilde Lina, y la madre Françoise y yo misma ocupamos irremediablemente todo intersticio del aire, hasta el punto de inundar con nuestro olor a chamusquina el paisaje entero y de saturar con nuestras propias señas las entrelíneas de libros escritos en otras partes.

A todas éstas, Siete por Tres parece haberse borrado del mapa; tal vez finalmente se haya reencontrado con Matilde Lina en esos terrenos del nunca jamás que ella regenta. A veces deseo con toda el alma que haya sido así, para que descubra que también ella mide mediana estatura y arrastra pequeñas miserias, como todos nosotros.

—Apiádate, Dios mío —le ruego a una divinidad en la que nunca he creído ni creo—. No me obligues a amar a quien no me ama. Mándame si quieres las otras Siete Plagas, pero de ésa, y de este intolerable olor a mortecino que me envuelve, exonérame por caridad, amén.

QUINCE

Ya no existe la fábrica de sebo. Respiramos de nuevo a pulmón limpio y hasta nosotros regresan, verdes y picantes, todos los vahos de la lluvia y de la selva.

La madre Françoise, taimada, perspicaz y diligente, se averiguó que al dueño, un hombre ya de edad que vive ahí mismo donde tenía la fábrica, lo abandonó su mujer, una joven mulata entrada en carnes que encendía los deseos de todo elemento masculino de los contornos, y se dio mañas para convencer al viejo de que debía echarle la culpa de su abandono a la fetidez.

—Don Marco Aurelio —le dijo—, ¿cómo no se le iba a largar su adorada si usted la tenía viviendo en medio de esta hedentina? ¿Usted cree que una hermosura como ésa, una auténtica reina, va a aceptar que la obliguen a andar por ahí con el pelo y la ropa impregnados de grasa?

El viejo, que estaba echado a la pena, vio en esos consejos una luz de esperanza, le besó las manos a la madre en señal de agradecimiento, mudó su industria de pestilencias a un terreno que posee en otro sector y mandó sembrar este solar vecino de geranios, agapantos y azucenas. Su espléndida mulata no ha regresado aún, y las malas lenguas dicen que no va a volver porque anda enredada en amores con un flamante mafioso de cadenas de oro al cuello y Mercedes Benz en el garaje, que le rocía el cuerpo con champaña y le obsequia porcelanas chinas y perfumes franceses. Pero de eso el viejo por fortuna no se ha enterado, y todas las mañanas desyerba con esmero su jardín florido con la ilusión de recuperarla.

Aunque todos auguren lo contrario, yo tengo fe en el desenlace: sé que con tal de no volver a padecer aquel olor de los infiernos, la madre Françoise es capaz de buscar a la mulata y de convencerla de que es mejor tener un marido viejo y pobre que uno apuesto y lleno de oro.

Al demonio Siete por Tres, decidí la madrugada en que mis narices, de excelente humor, me despertaron con la noticia de que no quedaban rastros de la pestilencia. Al demonio Siete por Tres, ratifiqué después de darme una ducha helada, ya plenamente despierta, y estampé mi firma en esa decisión sin paliativos. Yo lo que quiero, me dije, es un hombre como Dios manda: bondadoso como un perro y presente como una montaña.

Al diablo Siete por Tres; ipso facto me desentiendo de ese sujeto; no vuelvo a hacerle el honor de dedicarle un pensamiento; me lo repito una y otra vez mientras convoco a una rueda de prensa; envío mensajes por fax; bajo a la plaza a comprar los bultos de legumbre y de grano; organizo nuevos cursos de lectura para adultos porque los que dictamos no dan abasto; me ocupo de las goteras que han inutilizado uno de los dormitorios colectivos. Ya olvidé a Siete por Tres, me repito mientras tanto a mí misma. El único problema es que me lo repito tantas veces que logro el efecto inverso.

DIECISEIS

Se había dispersado el olor a muerte, pero ahora era la muerte misma la que se cernía sobre nosotros. En menos de dos semanas, la racha de crímenes que devastaba la zona había dejado un saldo de veintidós personas ajusticiadas, ocho en Las Palmas —una heladería que queda a pocos minutos de aquí— y el resto en las barriadas que colindan hacia el poniente.

La amenaza de Oquendo no había pasado de las palabras, pero eran palabras letales que le iban abriendo camino al zarpazo, así que nos afanábamos buscando apoyo de la prensa, pronunciamiento de las entidades democráticas, visitas al albergue por parte de personajes notables, cualquier cosa que nos diera el aval como organización pacífica, neutral y humanitaria; cualquier cosa que no fuera esperar con la boca cerrada y los brazos cruzados a que vinieran a masacrarnos impunemente.

Sabíamos que no era fácil llamar la atención o pedir una mano en medio de un país ensordecido por el ruido de la guerra. Y si era casi imposible lograrlo desde una de las ciudades grandes, más aún desde estos despeñaderos ariscos hasta donde no arrima la ley de Dios ni la de los hombres, ni sube la fuerza pública —como no sea de civil y para aniquilar—, ni asoma el interés de los diarios, ni se estiran los bordes de los mapas. Por eso fue tan grande nuestro asombro cuando vimos aparecer la comitiva.

La más insólita, teatral e inofensiva de las comitivas, compuesta por el rubicundo párroco de Vistahermosa, por un fotógrafo *freelance*, dos reporteros radiales y media docena de quinceañeras de camiseta ombliguera, zapatos de plataforma y nombres de pila tomados ya no del santoral sino de Beverly Hills: Natalie, Kathy Johanna, Lady Di, Fufis y Vivian Janeth, todas ellas estudiantes del octavo año del Colegio para Señoritas Virgen de la Merced, de Tora. Vestidos de negro de pies a cabeza y embutidos con sus instrumentos entre un viejo Volkswagen color ocre al que llamaban «La Amenaza Mostaza», se hicieron también presentes los cinco integrantes de Juicio Final, un grupo de metaleros de Antioquia que lucían tatuajes y *piercings* hasta en los párpados: «muy a punto estos muchachos, y muy modernos», según el comentario que hizo Perpetua cuando los vio.

Variopintos y dispares, de cualquier edad entre los

catorce y los ochenta, provenientes de los cuatro puntos cardinales, nada tienen en común los integrantes de esta desacostumbrada comitiva salvo el propósito de cerrar un cerco humano de protección desarmada en torno al albergue, mientras queda conjurado el peligro. Al menos el inmediato, según la costumbre que empieza a extenderse por el país como única forma posible de resistencia de las gentes de paz contra los violentos de toda laya.

—No dejaremos a los amenazados solos y librados a su suerte —sermoneó el párroco durante la misa que improvisó frente al nicho de la Bailarina, martillando cada palabra con tal furor que nadie hubiera creído que se trataba de un hombrecito sonrosado y barrigón de poco más de metro y medio de estatura.

—¿No prefiere sentarse aquí, a la sombra, para estar más fresco? —le pregunté al verlo acalorado y atragantado después de oficiar, como si en realidad se hubiera comido el cuerpo de Cristo y bebido su sangre.

—Enseguida —me respondió—. Ahora quisiera encontrar al hombre que nos trajo, que no lo veo por aquí.

—¿Y quién es el hombre que los trajo?

—Lo llaman Siete por Tres, pero no sé su nombre. Pidiendo solidaridad con este albergue se hizo escuchar en la Cancillería, en la Redacción de *El Tiempo*, en la Conferencia Episcopal, en la Cruz Roja. Y hasta en la Plaza de Bolívar de Santa Fe de Bogotá . . .

—¡Entonces fue Siete por Tres! —gritó la madre Françoise, que estaba escuchando—. ¡Siete por Tres ha logrado este milagro! Qué buen muchacho, nuestro Siete por Tres . . . ¡Quién lo creyera!

Entonces lo vi llegar, sacando medio cuerpo por la ventana de un microbús destartalado y cargado de cajas de comestibles, con su camisa de lienzo blanco y su cara iluminada por una sonrisa abierta, y rodeado por un racimo de socias de la Fundación Protectora de Animales de Tenjo, que ofrecían hacerse cargo de la alimentación de la caravana y de los setenta y dos desplazados que teníamos alojados en ese momento. Comandante en jefe de su pequeño ejército de niñas y de músicos, de curas y de doñas, nunca vi tan bello a Siete por Tres como cuando atravesó la puerta del albergue, primitivo, posatómico y espléndido como un héroe épico, y caminó hasta el nicho de piedra para hincarse de hinojos ante su Santa Patrona. Era la hora estremecida del regreso, la entrada triunfal del hijo pródigo que reaparecía para afianzarse en lo suyo y defender su querencia.

—Has regresado —le dije y me arrepentí enseguida, como si pronunciar esas palabras fuera a revivir en él la compulsión de partir.

—¿Será que sí? —me contestó con una pregunta, sintiéndose sorprendido in fraganti y como si aún no supiera si estaba o no de acuerdo con su propia acción.

Las señoras del microbús improvisaron fogones en la

mitad del patio, colocaron ollas al fuego y empezaron a trajinar pelando papa, descorazonando yuca, trozando plátano, deshojando mazorca y tasajeando espinazo para espesar el sancocho que luego repartirían entre todos.

—Al principio, fundamos la sociedad protectora sólo para amparar perros y gatos, seguimos la labor con huérfanos, luego con viudas de soldados y ahora mírenos acá —me dice una de ellas, Luz Amalia de Montoya, cuidadosamente maquillada con rimmel y rouge, embombado el cabello al estilo años cincuenta, collar de perlas de fantasía abrochado a doble vuelta y aretes *assortis*, a quien es más fácil imaginar sentada frente a la telenovela del mediodía mientras se toma un té de manzanilla, que aquí encaramada desafiando tropelías y repartiendo galletas y vasos de avena entre niños y mujeres cuyo nombre desconoce, como si no fuera locamente insensato que sus dulces carnes de señora anticuada sean nuestro mejor escudo contra las balas.

Aunque no he logrado que me guste del todo el sancocho, que es un potaje gris y mazacotudo que para ser honestos no me gusta nada, reconozco que ahora que empieza a hervir a borbotones suelta un vaho benéfico que penetra profundo en mis pulmones y allá adentro se vuelve alegría. Qué bueno que huela a sopa, pienso: nada malo puede suceder en un lugar donde la gente está reunida en torno a una gran olla de sopa. La vida bulle aquí adentro y la muerte aguarda afuera, y el límite entre la una y la otra no es más que un hervor de sopa, una araña que teje su tela, una trama de mínimos gestos que se erigen en muralla.

Al igual que los ranchos de los invasores, todo acá arriba está hecho de la nada: de huellas, de recuerdos, de tres puntillas y unas latas; de olores, de intenciones, de apegos, de macetas con geranios y de una fotografía de la abuela. En el resto del mundo todo pesa con la irrealidad de la materia: aquí levitamos. Los días recuperan la libertad de inventarse a sí mismos, y gracias a una aritmética rara que resulta de sumar nada con nada, se las ingenian para transcurrir en forma decisiva: quiero decir que conservan el don de significar. Una de las señoras me entrega un plato de sancocho en cuyo centro flota una desafiante garra de pollo, con uñas y todo.

—Coma, que está sabroso y tiene harta vitamina. Coma para que reponga fuerzas —me dice de manera tan amable que a mí me da vergüenza desairarla, y le recibo el plato.

¿Cómo deshacerme de esta filuda manita de pollo con aspecto seudohumano, que me ha sido ofrecida como un manjar y que a mí me horroriza con ese aspecto suyo, tan funerario y engarrotado? Prefiero morir a tener que comérmela, y en medio de esos dos extremos la salvación sería dársela a uno de los perros, lo cual resulta imposible sin que se dé cuenta la gente que me rodea. Siete por Tres, que me observa desde lejos, se percata del aprieto en que me encuentro y se me acerca, burlón.

—¿Me daría las gracias mi Ojos de Agua si yo le pidiera que me regalara esa presa de pollo que la tiene tan azarada?

Conteniendo la risa la traspaso a su plato y mientras él le hinca el diente con fruición, yo vuelvo a mi propio plato y me voy tomando el líquido espeso cucharada a cucharada, pese a que no me gusta; pese a que está hirviente y yo, que no tengo hambre, tengo en cambio calor; pese a todo lo siento bajar hasta mi estómago y allá adentro convertirse en alegría, en tanta alegría que jugando estiro la mano hasta la cabeza de Siete por Tres y le alboroto el pelo.

—¿Acaso no han entendido las cocineras que lo que exige aquí mi señorita es un filé–miñón–güel–don? —Se hace el que grita para ponerme en evidencia, y yo le doy un empujón y le digo que no, que no quiero ningún filé-miñón, que si me he tomado el trabajo de recorrer medio mundo es justamente para medírmele a esta sopa aunque me sepa a feo.

—Entonces, por favor, ¡me le sirven el pescuezo de la gallina y un buen trozo de espinazo de res!

Son ahora las diez de esta noche apretada de presagios y en el callejón frente al albergue, Juicio Final, que al igual que el párroco parece oficiar un sacrificio cósmico e incruento, brama electrónicamente frente a una audiencia compuesta por los desplazados y por un centenar de personas de los barrios aledaños que se han ido congregando, convocadas por esta descarga atronadora y sagrada de decibeles que de todo mal nos libran, envolviéndonos en una burbuja blindada, infranqueable, más poderosa que el miedo. Entre aterradas y divertidas, Solana, Solita y Marisol asisten a su primer concierto de música metálica. Siete por Tres revisa unos cables porque hay interferencias en el sonido. «Contra los explotadores vendrá el día de Helter-Skelter», clama el vocalista con aspavientos de demonio ronco, y la madre Françoise se me acerca.

—Estamos salvados —me grita al oído, para que pueda escucharla—. Estos muchachos con su estruendo derrotan hasta al criminal más sanguinario.

Hacia la medianoche ha circulado entre la concurrencia suficiente cantidad de aguardiente como para que varios trastabillen ahítos de alcohol. Los metaleros de Antioquia le han cedido el micrófono a un conjunto vallenato de la localidad; alguien hace tronar voladores y los demás se encuentran bien aclimatados en un bailongo considerable que amenaza con prolongarse hasta el amanecer.

—¡Se acabó! —ladra impositiva la madre Françoise—. ¡Todos a dormir! ¡Esto es el caos!

—No, madre, no es el caos —trato de explicarle yo, con

varios aguardientes subidos a la cabeza—. No es el caos, es la Historia, así con mayúscula, ¿no se da cuenta? Sólo que fragmentada en pequeñas y asombrosas historias, la de estas señoras defensoras de los perros de Tenjo, la de estos rockeros apocalípticos, la de estas estudiantes que se llaman Lady Di y adoran las canciones de Shakira y muestran el ombligo y han subido hasta acá arriesgando el pellejo... ¡También es la historia suya, madre Françoise!

—¿Así que hasta usted está borracha? Lo único que faltaba . . . ¡Se acabó la francachela, señores! *Mais, vraiment, c'est le comble du chaos . . .*

DIECISIETE

El albergue estaba ya de por sí copado hasta el tope la tarde en que llegaron los cincuenta y tres sobrevivientes de la masacre de Amansagatos. Lograron escapar de la prepotencia armada de la guerrilla tirándose con niños, ancianos y heridos a las aguas del Opón y atravesando la selva, en extenuantes jornadas nocturnas, por el silencioso cauce del río. Las monjas resolvieron acogerlos pese al hacinamiento, y durante la emergencia Siete por Tres y yo hemos debido compartir vivienda en los tres metros cuadrados de la oficina de la administración.

Para separar, al menos simbólicamente, su privacidad de la mía, colgamos por la mitad una tela amplia y liviana, de floripondios desteñidos. La guindamos baja, fuera del alcance de las aspas del ventilador, que a golpes de aire la sacude y la mece creando en el pequeño cuarto una atmósfera de escenario. Largas e inciertas han sido para mí estas noches, él dormido de aquel lado y yo velando de éste, sabiéndolo lejano aunque nos cobije la misma oscuridad y el mismo soplo roce nuestros cuerpos.

Cien veces he estado a punto de acercármele pero me contengo: el paso que nos distancia me parece infranqueable. Cien veces he querido estirar mi mano y tocar la suya pero un movimiento tan simple se me antoja desatinado e imposible, como atravesar a nado un mar. Me invade la zozobra del clavadista que quiere y no puede lanzarse desde las alturas de una roca hacia un pozo profundo, y que se para justo al borde, avanzando centímetro a centímetro hasta que sus pies asoman al vacío, pero en el instante previo al decisivo prefiere retroceder, aunque ya en el aleteo de su vértigo intuye el contacto con el agua que ha de envolverlo. Todo me empuja hacia allá, pero no me atrevo. Esta tela volátil que divide en dos nuestro espacio común me frena como una tapia de piedra, y los floripondios pálidos parecen estar ahí como señales de tránsito que me impiden traspasar. Así, mientras permanezco a la espera, he llegado a distinguir las intensidades de su respiración y a conocer sus jerigonzas sonámbulas.

—¿Mi Ojos de Agua descansó? —me pregunta al alba, cuando nos encontramos en la cocina.

—Yo sí pero tú no, a juzgar por las ojeras . . . —le replico tanteando terreno, y él se ríe.

—Vaya piropo —es todo lo que comenta.

Así transcurren, una tras otra, nuestras horas nocturnas, él perdiéndose en sus pesadillas y yo bregando a encontrarlo. Tan pronto se queda dormido, aguzo el oído para colegir aquello que lo conturba y lo escucho enredarse en una media lengua frondosa que no tiene traducción. Una vez, recién pasadas las cinco, buscaba yo la punta de la madeja para desenredar su maraña, cuando lo escuché gritar. No pude contener la compasión por él, o sería más bien por mí misma, el caso es que me eché la chalina sobre los hombros y atravesé la cortina.

Pese a tanta convivencia y a tanto trabajo en común, en el último tiempo era poco lo que habíamos conversado los dos, tal vez porque la confianza mutua se nos había pasmado tras el primer envión, o por temor a remover heridas que ya se sabían incurables, o por pura falta de tiempo, porque las innumerables tareas del albergue no dejaban un minuto para asuntos personales.

Mientras las monjas echaban a andar el día arrastrando por el corredor sus pasos apurados, le acerqué a Siete por Tres un vaso de agua y me senté a sus pies, a esperar a que hablara. Pero los silencios enquistados tienen dura la costra. Él se guardaba sus cosas, yo me guardaba las mías y cada quien soportaba por dentro la marcha de su propia procesión. Mucho ansiaba yo que él rompiera el silencio, y él, callando, lo dejaba en manos mías.

Desde su regreso de la capital, Siete por Tres no había vuelto a mencionar a Matilde Lina. Yo me alegraba y se lo agradecía, inclinándome a interpretarlo como una señal favorable. Pero las palabras no dichas siempre me han infundido temor, como si permanecieran latentes y esperaran la ocasión de saltarnos a la cara, y en el fondo las resentía como si fueran una pérdida, como si se hubiera debilitado el lazo más íntimo que nos ataba, el puente hasta ahora indispensable para pasar desde su aislamiento hasta el mío.

Pensar así era arbitrario y absurdo y yo lo sabía bien; a todas luces lo primordial en el cambio que durante las semanas anteriores se había operado en Siete por Tres era su estado de exaltación, la confianza con que ahora asumía su protagonismo y su liderazgo, su compenetración con el entusiasmo colectivo. O mejor aún, el despliegue de esa fuerza interior que lo convertía en el eje del entusiasmo colectivo. Anda fuera de sí, habíamos comentado con la madre Françoise al verlo trabajar sin descanso desde la madrugada hasta después de la medianoche.

Escribo *fuera de sí* y me pregunto por qué será que Occidente carga negativamente esa expresión, como si implicara la desintegración o la locura, cuando estar fuera de sí es lo que permite estar en el otro, entrar en los demás, ser los demás. Siete por Tres andaba fuera de sí y parecía que buscara liberarse de la obsesión que lo enclaustraba. Parecía. Parecía pero no se sabía a ciencia cierta; nunca se debe subestimar la fidelidad que cada quien le guarda a sus viejos dolores.

Mientras se tomaba el agua, me propuse quebrar la autocensura que frente a él me imponía, y le conté largamente sobre mi arribo al albergue tres años atrás. Le hablé de la entrañable amistad con mi madre, quien no ve la hora de que regrese a su lado; del amadísimo recuerdo de mi padre, muerto hace demasiado tiempo; de mis estudios universitarios; de los hijos que nunca he tenido; de mi afición por escribir todo lo que me acontece.

—Y de sus amores, ¿no me dice nada? —me preguntó y yo pensé: O le hablo ahora o no le hablo nunca. Pero me lo había preguntado con cara de yo no fui, de estar eximido del tema, y ahuyentó de mí cualquier atisbo de coraje.

—Una mujer como usted debe haber roto muchos corazones . . .

—En el pasado, tal vez. A mi edad, el único corazón que uno rompe es el propio.

Sonaron las campanas llamando a misa de seis y yo supe que había dejado escapar el momento. Desde los dormitorios colectivos llegó el eco de toses somnolientas, algún radio soltó su letanía de noticias, los soplos asmáticos del ventilador sucumbieron ante la entrada de la masa espesa de luz, y yo tuve que volar a cumplir con mis tareas del desayuno.

Siete por Tres entró al comedor, y yo, mientras repartía tazas de cacao con mogolla y queso blanco, buscaba en el rebujo de mi cabeza la palabra que lo acercara.

Se quemó los labios al tomar el cacao hirviente y luego se asomó al espejo que cuelga sobre el lavaplatos. Lo vi ponerle gomina al peine y pasta al cepillo; ya se lavaba los dientes, ya me daba las gracias y se despedía; mientras tanto yo recogía los platos y comprendía que era ahora o no sería nunca.

—No es a Matilde Lina a quien buscas —me atreví por fin, y mis palabras rodaron, redondas, por entre las mesas ya vacías del comedor—. Matilde Lina es sólo el nombre que le has dado a todo lo que buscas.

Esta noche un aguacero cae como bendición sobre el recalentado albergue, disipando la tensión y el exceso de presencia humana. Yo me vine a acostar más temprano que de costumbre y ahora paso las horas despierta, escuchando en la negrura el roce de ráfagas de agua contra el techo de cinc, los ronquidos irregulares de la planta eléctrica, el silbido de víbora que emite el farol de la esquina al alumbrar de verde un redondel de lluvia. Todavía está oscuro y sin embargo cacarea el primer gallo y ocupa el aire de afuera un revuelo de gaviotas que alborotan y chillan como monos macacos. El gallo canta y canta hasta que logra avivar la humedad y yo prendo el ventilador, que deja caer sobre mí su brisa artificial y su matraqueo de helicóptero de bolsillo.

Todo está bien, constato, y registro sin asombro que la calma bienhechora que se extiende afuera se ha instalado también dentro de mi pecho. Hace ya más de un mes que se fueron el párroco de Vistahermosa y su colorida corte, pero el hechizo de su solidaridad todavía pesa, protector, sobre nosotros. La vida es tan bondadosa, pienso, y la muerte al fin de cuentas es tan mansa. De momento, ha cedido la angustia que suele gravitar sobre el albergue, disolviéndose con modestia en la amplitud de su contrario, que es el resplandor que me deslumbra en esta noche quieta, y que me regala estas ganas de creer que nos arrullan días amables, pese a todo. Por primera vez desde que conozco a Siete por Tres, el pulpo de la ansiedad ha dejado de oprimirme el corazón. Esta paz se asemeja a la felicidad, pienso, y como no quiero que el sueño ni el aire la disipen, agradezco la vigilia y apago el ventilador.

Ya flotan por el albergue los maitines de las monjas y percibo los pasos de Siete por Tres, que entra a su medio lado del cuarto. Por algún paralelismo predecible y favorable, los segmentos de un todo disperso encajan en su lugar con la pasmosa naturalidad de un destino que se cumple.

Adivino su silueta a través del telón del centro y sé que Siete por Tres se sienta en su catre y que se demora, botón por botón, al quitarse la camisa. Intuyo su mata de pelo y la siento respirar en la sombra, como un animal en reposo. Hasta mí llega, muy vivo, el olor de su cuerpo, y lo veo descolgar la tela de trama difusa y figuras borrosas que nos separaba.

ALSO BY LAURA RESTREPO

THE DARK BRIDE: *A Novel*
ISBN 0-06-008895-8 (paperback)

LA NOVIA OSCURA: *Una Novela*
ISBN 0-06-051431-0
(Spanish edition paperback)

Inspired by historical events, here is a lush, romantic novel about the world of prostitutes in Barrancabermeja, Colombia. *The Dark Bride* effortlessly redefines the parameters of Latin-American magical realism and at the same time echoes its very best tenets. Full of wit and intelligence, tragedy and compassion, *The Dark Bride* lovingly recreates the lusty, heartrending world of Colombian prostitutes and the men of the oil fields who are entranced by them.

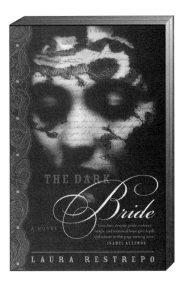

"Laura Restrepo brings to life a singular amalgam of journalistic investigation and literary creation. . . . Irrefutably enjoyable reading." —Gabriel García Márquez

Bi-lingual reading group guide available at *www.harpercollins.com/readers.*

**Don't miss the next book by your favorite author.
Sign up for AuthorTracker by visiting *www.AuthorTracker.com.***

**Available wherever books are sold, or call 1-800-331-3761 to order.
www.harpercollins.com**